八月美咲

怖い噂のあるお店

99秒の戦慄【闇】体験

「怖い場所」超短編シリーズ

主婦と生活社

怖い噂のあるお店

99秒の戦慄【闇】体験

それは秋の初めのことだった。
クラスの担任が怪我《けが》で入院することになった。
そのため、転任してきたばかりの教師が担任の代理を務めることになった。
「皆《みな》さん、影山《かげやま》幽《ゆう》と言います。これからよろしくお願いします」
生徒たちに挨拶《あいさつ》する影山は、端正《たんせい》な顔立ちをした爽《さわ》やかな好青年で、
学生時代スポーツで鍛《きた》えたという体は、
まるでモデルのように完璧《かんぺき》だった。
前の担任はおじいちゃん先生で、生徒たちに慕《した》われてはいたが、
年も近い影山に生徒たちは目を輝《かがや》かせた。
しかし、この時はまだ誰も知らなかったのだ。
これが、この後に起こる血も凍《こお》るほどの恐怖の始まりであることを。

目次

SHOP 001

霧《きり》の中の蝋《ろう》人形館

出席番号1番
相澤 杏奈

私の名前は相澤杏奈《あいざわあんな》。中学2年生の14歳《さい》の女の子だ。

窓から入ってくる心地良い秋風に吹かれながら、今、私はクラスメイトたちと一緒《いっしょ》にバスに揺られている。社会科見学の帰り道、楽しい一日も終わりに近づこうとしていた。

夕日に染まる紅葉を眺《なが》めていたら、濃《こ》い霧が立ち込めてきて、徐々に視界が悪くなってきた。突然《とつぜん》、バスがガクンと揺《ゆ》れた。エンジンの音が消え、車両が停《と》まる。

運転手が慌《あわ》てた様子で点検を始めると、車内がざわつき始めた。担任の影山《かげやま》先生が静かにするようにと、生徒たちに注意する。どうやらエンジントラブルが発生し、修理に時間がかかるようだった。

バスが停まったのは偶然広い駐車場がある場所で、霧の中に、中世ヨーロッパの城のような建物が窓の外にぼんやりと浮かび上がって見えた。

バスから降りて近づいてみると、建物は無人の蝋人形館だった。しかも、無料で開放していると、案内板に書いてあった。

影山先生の許可を得て、私たちクラスメイト38人は蝋人形館の中に入った。

館内は薄暗く、ひんやりとした空気は冷蔵庫の中にいるようだった。

「なんだか、ちょっとお化け屋敷《やしき》みたいだね」

仲良しのさくらが、するりと腕を絡《から》ませてくる。

突然《とつぜん》、先頭を歩いていた男子が、大きな声を上げた。

「なぁ、この人形、入口《いりぐち》みたいじゃね？」

彼《かれ》が指差した先には、1体の少年の蝋人形があった。人形は何かにひどく怯《おび》えた顔をしていて、その顔はクラスの入口君にそっくりだった。本人も面白がり、人形の横で同じ表情を作って笑いを取ったりしている。

「あ！　こっちは河合に似てね？」

別の場所で声がした。そこにあったのは、女子の河合さんによく似た蝋人形だった。この人形は悲鳴を上げているような顔をしていた。

「あたしはもっと可愛いもん」

本人がぶすくれながらも冗談混じりに言うと、アハハと周りは笑った。

次の1体もクラスメイトの1人にそっくりだった。その次も、その次もクラスの誰《だれ》かにそっくりで、みな一様に恐ろしいものに遭遇《そうぐう》しているかのように顔を歪《ゆが》めている。次第《しだい》に和やかだった空気が寒々としてきて、おしゃべりだった男子たちも無口になっていった。

館内にあった人形は全部で38体。全てクラスメイトとそっくりの、戦慄《せんりつ》の色を顔に滲《にじ》ませた蝋人形たちだった。

そして今、ここにいる38人全員が、蝋人形と同じ恐怖の表情を顔に浮《う》かべていた。

ふと、絡められた腕がひんやりと冷たい気がして見ると、怯えた目で大きく口を開けたさくらの蝋人形が、私にしがみついていた。

バスの中で、一体の蝋人形が静かに佇《たたず》んでいる。

その手には２年ゼロ組と赤字で書かれた名簿が握られていた。

「先生—！　影山先生—！」

生徒たちの悲鳴混じりの声が近づいてくる。

突如《とつじょ》、人形の頬《ほお》に微《かす》かな赤みがさし、

固まっていた瞳《ひとみ》がゆっくりと瞬《またた》いた。

「お前たち、どうした⁉」

生徒を出迎える人形は、人間そのものだった。

ただ１つ、体のどこにも脈《みゃく》がないことを除いては。

SHOP
002

怖いコインランドリー

出席番号2番
芦屋　大翔

家の洗濯機《せんたくき》が壊《こわ》れた。メーカーに電話したら、修理の予約が1ヶ月先だと言われてしまった。仕方ないので、それまでは近所のコインランドリーで洗濯をすることにした。うちは僕《ぼく》が4歳《さい》の時に両親が離婚《りこん》していて、母ひとり子ひとりだ。だから、僕は率先して家事を手伝うことにしている。

その日、僕は部活で先輩《せんぱい》にしごかれて、疲《つか》れていた。椅子《いす》に座って洗濯が終わるのを待っている間に、いつの間にか眠《ねむ》ってしまったようだった。そして、それは聞こえてきた。

「もーいーかい」「まーだーだよ」

僕の周りをパタパタと走り回るような気配と、子どもの声がしたような気がして、目が覚めた。でも、店内には僕ひとりで、他に客は誰《だれ》もいなかった。夢でも見ていたか、寝ぼけてたのかな？　その時はそう思い、そのまま家に帰った。

それから数日後。その日も店に客は僕ひとりだった。漫画《まんが》を読みながら待っていると、突然《とつぜん》そばの洗濯機が回り出した。すると、どこからかまた子どもの声がしてきた。

「もーいーかい」「まーだーだよ」

さすがに怖《こわ》くなった僕は、まだ半乾《がわ》きの洗濯物を持って家に帰った。

次からは、家から少し遠いが別のコインランドリーに行くことにした。

しかしここでもまた、誰もいない時に洗濯機が勝手に回り出したのだ。そして次の瞬《しゅん》間《かん》、僕は見てしまった。洗濯機の扉《とびら》の内側に、小さな子どもの手形がべったりと張り付いているのを。洗濯物もほったらかして、僕は家に逃《に》げ帰った。

その数日後、やっと修理が来てくれて洗濯機も直り、僕はもうコインランドリーに行かなくてよくなった。正直、心底ほっとした。

洗濯機が直ったその夜、母は仕事で僕は家にひとりだった。すると、洗濯機のある脱衣所から物音がしてきた。まさか……。そしてその声は聞こえてきた。

「もーいーかい」「まーだーだよ」

その時、僕の意思とは無関係に口が勝手に動いた。

「もーいーかい？」

まるで操り人形のようにふらふらと、僕は脱衣所の方へと歩いていった。

「まーだーだよ」

声は洗濯機の中から聞こえてきた。僕は洗濯機のふたを開けて中を覗《のぞ》き込んだ。

「みーつけた」そこには、青白い顔をした男の子がいた。

なぜ忘れてしまっていたのだろう。僕には弟がいた。あんなに可愛がっていたのに。10年前、弟は僕と裏山でかくれんぼをしていて、そのまま行方《ゆくえ》不明になっていた。

それからしばらくして、裏山に捨てられた洗濯機の中で、子どもの白骨死体が発見された。

僕は洗濯機の陰《かげ》に隠れた。

「もーいーかい？」弟の声がした。

「まーだーだよ」

僕は返事をした。

さぁ、かくれんぼの続きをしよう。

SHOP
003

屋台のお面屋

出席番号3番
井上　凜子

それは、毎年近所の神社で行われる秋祭りでのことでした。

たくさんの夜店が並んだ参道の端に、ぽつんと1軒《けん》のお面屋が店を出していました。今人気のアニメキャラクターのお面などではなく、妙《みょう》にリアルな人の顔をしたお面でした。有名人かしら？　とも思ったのですが、どうやらそれも違うようです。静かに目を閉じているものもあれば、苦痛に顔を歪《ゆが》ませたような表情のお面もあり、なんだか気味が悪いです。肌《はだ》の質感などが、妙に生々しかったのを覚えています。

私は足早に店の前を通り過ぎ、離れたところで振《ふ》り返ると、お面屋の店主が私の方をじっと見ていました。店主は笑った顔のお面を被《かぶ》っていました。

お祭りの帰り道、お通夜《つや》を出している家の前を通りかかりました。道から提灯《ちょうちん》の明かりに照らされて遺影《いえい》が見えました。年配の女性で、見たことがあるような気がしましたが、その時は思い出せませんでした。

それからしばらくして、ある殺人事件が世間を騒《さわ》がせました。ニュースで流れる被害者《ひがいしゃ》女性の顔に見覚えがありました。誰《だれ》だか思い出そうとし、私はそれが屋台のお面屋で見た顔の1つだったことを思い出しました。

〝デスマスク〟という言葉が頭に浮《う》かびました。石膏《せっこう》や蝋《ろう》で死者の顔型を取って作ったものです。もしかして、あの夜売られていたお面たちはその類《たぐい》の物なのでしょうか?

私がこの話を友人にすると、秋祭りでお面屋など出ていなかったと皆《みな》、口を揃《そろ》えて言います。そんなはずありません。私は確かに見たのです。

そしてある日、隣《となり》町の秋祭りで私はお面屋を見つけました。友人たちに信じてもらうために、私はお面を1つ買うことにしました。しかし、そばで見るとお面はいっそうリアルで、怖《こわ》くて買う勇気が出ません。すると店主が近寄ってきました。

「どれでも好きなものを被っていただいて結構ですよ。なんなら私のつけているこのお面でも」

店主は顔からお面を外しました。

現れたのはのっぺらぼうでした。それと同時に、いっせいにお面たちの目がギョロリと私の方を見たのです。私は悲鳴をあげてその場で気を失いました。

目が覚めると私は自分の部屋で寝ていました。

「なんだ、夢だったのね」そう思いました。

洗面所で顔を洗っていると、こめかみのあたりに違和感を覚えました。

鏡で見てみると、うっすらと縦に線が入っています。指で触れると卵の殻《から》を剥《む》く時のように、ぱかりと何かが剥《は》がれました。

お面でした。

鏡の中に視線をやると、そこに映っていたのは、のっぺらぼうの私でした。

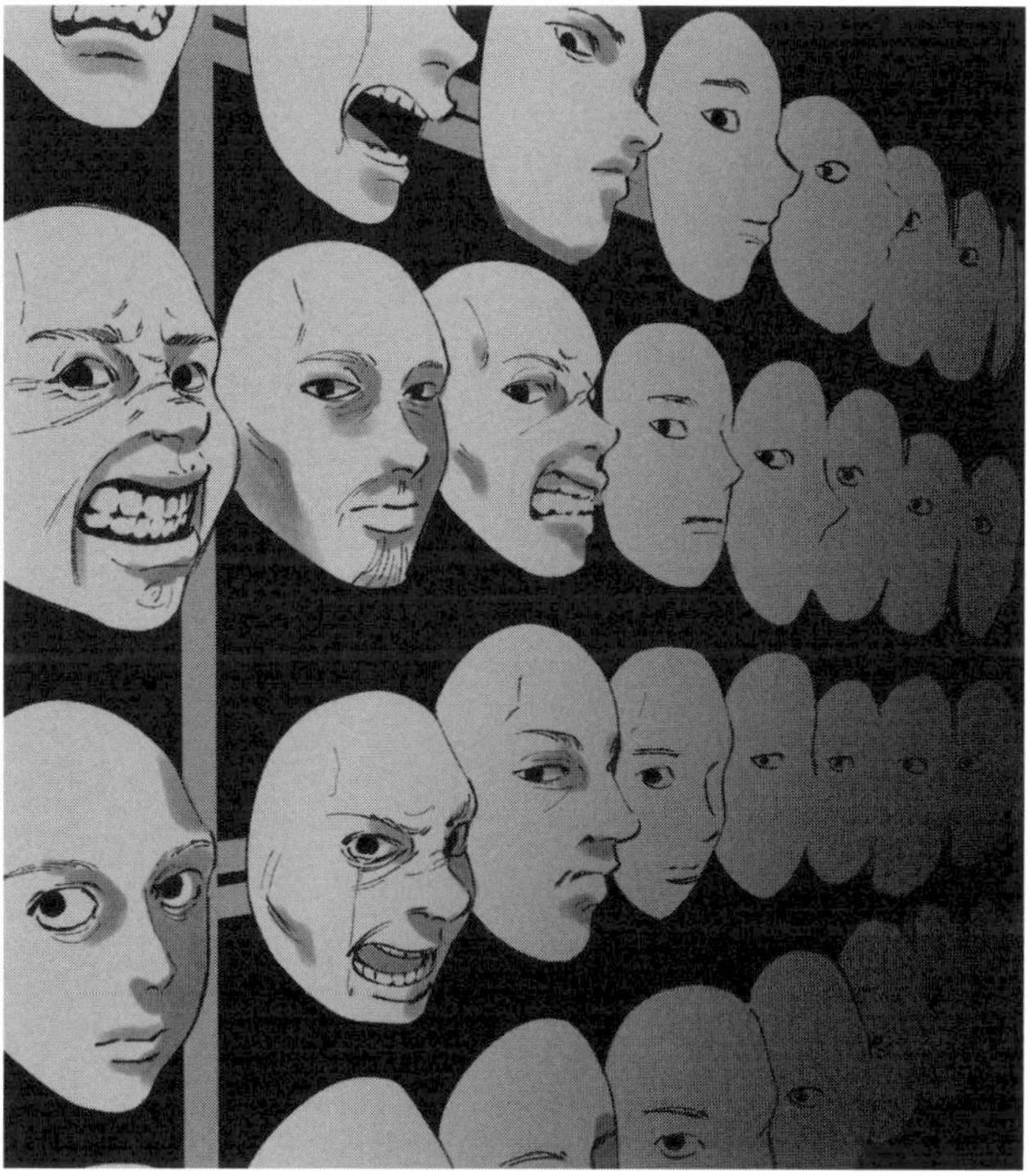

「凛子〜。朝ごはんができてるわよ〜」

母の声がしました。

「は〜い」

私は剥がしたお面を再び顔につけると、
何事もなかったようにキッチンに向かいました。

SHOP
004

狭《せま》い店

出席番号4番
入口 琥太郎

それはある日、どこからともなく聞こえてきた。

「で……で……ぐ……」

僕《ぼく》は部屋の明かりをつけて、声の発信元を探した。時計を見ると夜中の3時。

どうやら声は壁《かべ》の向こう側からしてくるようだった。

僕の家は商店街でパン屋を営んでいて、最近隣《となり》に新しく美容室がオープンした。声はその美容室からのようだった。

その日から、朝から晩まで途切れることなく声が聞こえてくるようになった。壁に耳を押《お》し当てて何を言っているのか聞き取ろうとしたが、はっきりせずよく分からない。

「あ〜！　うるさい！　静かにしろ！」

僕は部屋の壁をドンドン叩《たた》いた。すると声は一瞬《いっしゅん》ピタリと止んだが、すぐにまた「……

ぐ……ぐ……で……」と聞こえてくる。

ある日、僕は隣の美容室に文句を言いに行った。すると、出てきたのはバンドマン風の中年男だった。

「毎日うるさいのは、そっちの方だろうが、変な呪文《じゅもん》唱えてんじゃねぇ、怪しい宗教でもやってんのか」

と逆ギレされてしまった。「それはこっちのセリフだ」と、喧嘩《けんか》になる。

しかし、声は美容室が休みの火曜日も一日中聞こえてきた。

おかしい。あの声は、いったいなんなのだ?

そして僕は思い出した。僕の家と隣の美容室の間に、大人ひとり分ほどのスペースがあることを。そこに行ってみると細長い扉《とびら》があり、『うなぎ屋』と書かれていた。

扉に耳を当てると「ぐ……ぐ……」と、声が聞こえてくる。

恐る恐る扉を開けると中は薄暗く、奥へ行くほど暗く狭くなっているようだった。

「あの〜、すいませ〜ん」

店の奥に何か蠢《うごめ》くものを見つけた。店の中へと足を踏《ふ》み入れる。

店の奥に潜んでいたのは、人の形をした生き物だった。暗いところにずっといるせいか、モグラやミミズのように目が退化し、ぎゅうぎゅうになって、もぞもぞと動いている。そうして皆《みな》、口々にこう呟《つぶや》いていた。

「出口、出口」

驚《おどろ》いた僕は、店の外に出ようとした。しかし、狭くて体が身動きできない。店はまるでうなぎを捕《と》るうなぎ筒《づつ》のような仕掛けになっていた。それに気づいた時には、もう遅い。

「誰《だれ》か、助けて！」

罠《わな》にかかった僕は叫《さけ》んだ。しかし、僕の助けを呼ぶ声は「出口、出口」と蠢く彼《かれ》らの声によってかき消された。

「ご飯できたからお兄ちゃん呼んできて」

「はーい」

幼い女の子は部屋の扉を開ける。しかし、そこに兄の姿はなかった。何やら、壁の向こうから声がしてきて、女の子は壁に耳を押し当てた。

「……ぐ……ち……で……」

なんだか兄の声に似ているような気がするが、気のせいだろうか。女の子はそのまま部屋を出ていった。

「お母さーん、お兄ちゃん、いなーい」

SHOP 005

別人になれるコスメ

出席番号5番
大石　さくら

写真と実物が別人だとクラスの男子に笑われた学校の帰り道、私はそのコスメショップの前を通りかかった。綺麗《きれい》なお姉さんがサンプルを配っていたんで、もらって家で試してみたら、びっくりするくらい自分の顔じゃなくなってて驚《おどろ》いた。

次の日、早速《さっそく》一式買い揃《そろ》えちゃった。さすがにママにバレたら「まだ中学生なのに」と怒られそうで、隠《かく》れてメイクしたんだけど、うっかりそのままトイレに行っちゃって、ばったり廊下《ろうか》でママに会っちゃった。

なんとママは、私だと気づかなかったの！　お姉ちゃんの友達が遊びに来ているのだと勘違《かんちが》いしたみたいで、他人行儀《ぎょうぎ》に挨拶《あいさつ》されちゃった。これには本当に驚いた。

ふと私はあることを思いついたの。このメイクで私を笑った男子に仕返しをしてやろうって。復讐《ふくしゅう》方法をウキウキ考えながらメイクをしていたら、出来上がったのは、なんとその男子そっくりの顔だったの。メイクで男にもなれるのか。凄《すご》すぎる。私は制服のセーラー服に着替えると、彼《かれ》の顔のまま街に繰《く》り出したの。

次の日、学校に行くと彼が女装して歩いていたという噂《うわさ》が広まっていて、私は見事に復讐を果たしたの。その日から私はメイクでさまざまな人になりすました。人は仮面を被《かぶ》ると悪さをしたくなる生き物みたい。私は過去に私に意地悪をした人に次々と復讐してやったの。思い返すとあれもこれも頭にきて、全員に復讐してやれって感じになっちゃった。

そんな時だった。学校で、私が男子トイレを覗《のぞ》いていたと、とんでもない噂が流れていることを知ったの。私はピンときた。誰《だれ》かが私と同じようにメイクで顔を変えてやったことに違いないって。だから私はコスメショップに走ったの。母の財布から持ち出したクレジットカードで、私はショップのコスメを全部買い占《し》めちゃった。これで安心と、ほっと胸を撫《な》で下ろしたのも束《つか》の間、ショップを出たところで私は警察官に取り押《お》さえられたの。警察官の横で、ママが私を指差してた。

「この人です！　この人が勝手に娘の部屋に出入りするようになってから、娘が行方《ゆくえ》不明になったんです！　私のカードもこの人に盗《ぬす》まれました！」

「え、待って、盗んだなんて。ママ、私だよ、さくらだよ！　カードだって困った時は使ってもいいって言ったじゃない」

私はこの時ノーメイクだったのに、お店の窓ガラスに映った私の顔はまるで別人だった。女とも男ともつかない、もはやそれは人とは思えない、不気味な生き物の私がそこにいたの。私は悲鳴をあげ、そのまま気を失った。警察に連れて行かれた私は、その後入院することになった。

今、私は体が衰弱《すいじゃく》してベッドから起き上がれないような状態になっちゃってる。私の買ったコスメには、すごく毒性の強い成分が入っていて、短期間で大量に摂取《せっしゅ》すると深刻な健康被害《ひがい》が出るものだったらしい。他人になりすまして、次々と人を陥《おとし》れた代償《だいしょう》は大きかったってこと。

けど、退院したところで私には帰る家がないの。
だって、私は自分がどこの誰だか思い出せなくなっちゃってた。
コスメの毒性は脳にも影響《えいきょう》が出るみたい。
こんな危険なコスメを売るコスメショップに
文句が言いたいけど、店がどこにあるのか
私はもう思い出せないんだよね。
そのうちコスメのこともみんな忘れちゃうのかもしれない。

SHOP 006

試し切りのできる刃物屋《はもの》

出席番号6番
鬼丸 邦綱

俺《おれ》の趣味《しゅみ》は刃物収集だ。せっせと小遣《こづか》いを貯めては、今までいろんな刃物を集めてきた。俺みたいな刃物コレクターたちの間で、〝幻の刃物売り〟と呼ばれる男がいた。男の作った刃物には魂《たましい》が宿《やど》り、日本刀のように全ての刃物には名前がつけられているという。男はふらりとどこからかやってきて、夜の街角で店を広げる時もあれば、どこで聞いたのか、刃物コレクターの家のドアをある日突然《とつぜん》叩《たた》いたりする。

俺がその男を見つけたのは、雨の日の公園でだった。誰《だれ》もいない公園の片隅《かたすみ》で、頭からすっぽり黒い雨合羽《あまがっぱ》を着て男は店を出していた。濡《ぬ》れた地面にビニールシートを敷き、その上に刃物を並べている。まるで盗品《とうひん》を売っているようだった。俺が近づくと、男はすぐに客だと分かったようで、「どんな刃物をお探しで?」と聞いてきた。目つきの鋭《するど》い男の顔には、額から頬《ほお》にかけて深い傷があった。一番手前にあった出刃包丁を手に取ると、まるで吸い付くように俺の手に馴染《なじ》んだ。

「その包丁は銀狼《ぎんろう》と言います。どうです、いいでしょう？　試し切りされますか？」

男はどこからか得体の知れないホルマリン漬《づ》けの肉を取り出してきた。気味が悪かったが、切ってみるとその切れ味に俺は感動した。

「お見事な銀狼さばきでございます」男は言った。

次に、その隣《となり》にあった小さな刃物を手に取った。刃先が非常に鋭い、それは外科手術に使われるメスだった。さっきの出刃包丁より馴染みがよく、まるで自分の手の一部になったかのようだ。

「次は神業《かみわざ》小次郎にくると思っておりました、さすがにお目が高い。小次郎には特別な試し切りを用意しておりますので」

そう言って、男は俺を公園の公衆トイレへと誘《さそ》った。奥の個室の扉《とびら》を開けると、中に海パン姿の若い男が立っていた。

「私の弟子《でし》です。顔でも腹でも、どうぞお好きなところで試し切りしてください」

少しだけ胸の辺りを斬《き》ると、弟子の男は恍惚《こうこつ》とした顔で訳の分からない言葉を発し、そのまま気を失ってしまった。

「すごい。この男は斬られるのが好きな変態ですが、気絶したのは初めてです。お見事としか言いようがない。あなたのような客人を、私はずっと待っておりました」

店に戻《もど》ると男は、立派な桐箱《きりばこ》の中から見事な日本刀を取り出した。

「私の全人生をかけた名刀です。いざ、試し切りを！」

その日本刀にはまさに魂が宿っていた。刃物は俺に憑依《ひょうい》したかの如《ごと》く俺を操《あやつ》り、バッサリと男を斬り捨ててしまった。

「どうか、あなたのお名前をその刀に」

それが男の遺言《ゆいごん》だった。

トイレに隠《かく》れていた弟子が何の弟子だったのか。
刃物作りか、それとも……究極のマゾヒズムか。
どちらにしても俺はそれどころじゃない。
刃物を買おうとしただけなのに、人を殺してしまうとは。

SHOP
007

勝手なプリクラ

出席番号7番
河合　陽菜

この前の日曜日、仲のいい友だちと3人で遊びに行ったんだけどさ、帰りの電車を間違えちゃったみたいで、全然知らない駅で降りちゃったの。その駅ってばさ、だ～れもいないし、周りにな～んにもないの。無人駅っていうやつ？　なのにさ、駅前にぽつんとプリクラがあったんだ。次の電車まで時間があったし暇《ひま》だったんで、3人でプリクラ撮《と》っちゃったよ。それがなんか変なプリクラでさ、撮った写真が勝手に加工されて出てくんの。友だち2人は目も実際の3倍くらいデカくなって、すっごい可愛いのに、あたしだけ証明写真みたいで、全然可愛くないの。まじムカつくんだけど。

それが次の日さ、プリクラで撮った友だちの写真が勝手にマッチングアプリで使われてたんだって！　普通《ふつう》だったらブチ切れて怒るところなんだけどさ、それがなんとその子、年上の彼氏《かれし》ができちゃったの。そしたらさ、もう1人の子もプリクラで撮った写真がSN

Sで勝手に使われてたの。恋人募集とか書かれてて、で、なんとこっちもイケメン彼氏ができちゃったんだよ。マジで？　って感じでしょ。2人とも超喜《ちょう》んじゃっててさ、プリクラ様様とか言ってんの。

「今度は陽菜の番だよ、きっといいことあるよ！」

とか2人に言われちゃって、まさかと思ったけど、内心ちょっぴり期待しちゃってたりしてさ。こっそり、マッチングアプリとSNSで自分の写真を探してみたんだ。

そしてあたしは見つけた。なんと、あたしの写真は警察のお尋《たず》ね者写真として使われてたの。

罪状は殺人。

すでにあたしの写真はいろんなところに拡散されてて、収拾がつかない状態になってたの。これでは警察に取り下げてもらったとしても、殺人犯としてのあたしの写真は半永久的にネットに残ってしまう。いわゆるデジタルタトゥーってやつ。

あたしは目の前が真っ暗になった。これであたしの人生もう終わりだ。

気づくとあたしは駅のホームに立ってた。走ってくる電車めがけて飛び込む瞬間《しゅんかん》、ホームの向こう側にあのプリクラが見えた。この時あたしは全部思い出したんだ。

あの2人は友だちなんかじゃない。いつも自分たちの可愛さをひけらかして、あたしの前で彼氏自慢《じまん》ばかりしてた。2人はいつもあたしを彼氏もいないブスだって、見下してたんだ。

だからあたしはあの日、3人で出かけた帰りに写真を撮る振《ふ》りをして、2人を殺してやったんだった。

あたしのお葬式《そうしき》の写真は、
プリクラで撮った証明写真みたいな写真だった。
よく見ると、その写真の私は嬉《うれ》しそうに笑っていて、
顔には返り血を浴びていた。

SHOP
008

特別な写真を撮る写真館

出席番号8番
桐島　蓮

僕《ぼく》の住む町には商店街があって、商店街の端《はし》っこに写真館があります。

けれど、どう見てもあまり客が入っているようには見えません。

店先のガラスケースには日差しで色褪《あ》せた写真が飾《かざ》られていて、いったいどうやって経営が成り立っているのかと思っていたら、何やら特別な撮影をしているという噂《うわさ》を耳にしました。

それは、もう1つの世界で生きる自分の姿を撮るというものでした。

僕は非科学的なことは信じません。しかし、何やら面白そうだったので、冷やかし半分で写真を撮ってもらうことにしました。

撮影は普通《ふつう》でしたが、店の主人は暗い感じの無口な男性でした。

現像された写真を見て驚《おどろ》きました。

びっくりするくらいガラの悪い僕がそこに写っていたのです。髪《かみ》の毛は金色に染め、耳と鼻にはピアスをしていました。よく見ると首にタトゥーもしています。

けれど、顔は確かに僕なのです。

驚いたのはそれだけではありませんでした。その夜、部屋で寝ていたら、どこからか声がしてくるのです。

なんと、写真の自分がしゃべっていました。

「タバコねぇのかよ」

僕は勉強のし過ぎで頭が変になってしまったのでしょうか?

その日から、写真の中の僕はさまざまな要求をしてくるようになりました。

酒、タバコ、女。

中学2年生とは思えません。

もちろん、そんな要求をのむ訳にはいかずに無視していると、ある日突然《とつぜん》、写真から手が出てきて殴《なぐ》られました。最初は何が起きたのか分かりませんでした。

僕は恐ろしくなって、写真を燃やしました。

すると、地獄《じごく》の底から響《ひび》く獣《けもの》のような叫《さけ》び声が写真から聞こえてきました。

僕は部屋の隅《すみ》で、震《ふる》えながら写真が灰になるのを見届けました。

しかし次の日、僕の生徒手帳の写真が変わっていました。焼け焦《こ》げた皮膚《ひふ》は赤くただれ、見るも無惨《むざん》な恐ろしい姿の僕になっていたのです。

「水をよこせ」写真の僕が低く掠《かす》れた声で唸《うな》ります。怖くなって川に投げ捨てると、次の日、ＳＮＳの僕の写真が膨《ふく》らんだ肉の塊《かたまり》になっていました。

その夜のことでした。何か物音がすると思ったら、スマホから不気味な肉の塊が這《は》いずり出てきて、僕に覆《おお》い被《かぶ》さってきました。

視界が閉ざされ、意識が薄れる中で、耳元で声がしました。

「交代だ」

そうして僕は写真の世界の住人となりました。
こちらの世界であの写真館は大繁盛し、
今度３号店を出すらしいです。
人気の理由は「なりたい自分の姿で写真を撮ると、
それが現実になる」という特別な撮影にありました。
肉の塊となった僕は、自分の体を取り戻すべく、
懸命《けんめい》に地べたを這《は》いずり、写真館へと向かいました。

SHOP 009

新規オープンの看板のない店

出席番号9番
工藤　恵

メグはパパと二人暮らしなの。

メグのパパは世界一かっこいい。小さい頃《ころ》は、おっきくなったらメグはパパと結婚《けっこん》するんだって本気で思ってた。

ママはいないの。なんか、去年突然《とつぜん》いなくなった。それまでママは、一日中ずっと家にいて、なのに家事はぜんぜんしないで、スマホばっかりいじってた。掃除《そうじ》もご飯を作るのも全部パパがやってたの。だから、ママがいなくなっても困らないんだ。

ある日、メグんちにハガキが来たの。ハガキには『新規オープンしました』って書いてあるんだけど、それだけで、なんのお店か分からないんだよね。でも、すぐ近所だったから行ってみたら、壁《かべ》が真っ黒で看板も出てないし、窓が1つもないから中がぜんぜん見えないの。ハガキをもらわなかったら、絶対お店だって分からなかったと思う。

中に入ってみると、店内は薄暗くて、なんか湿《しめ》っぽい臭《にお》いがした。

壁《かべ》に沿って棚《たな》が置かれてて、赤黒いシミのついたブランド物のバッグや、レンズの割れたメガネとかが並べられてるの。何かにつまずいたと思ったら、ぐにゃぐにゃにゆがんだ三輪車だった。

どう見ても新品じゃない。でね、全部の物に人の写真がついてんの。スーパーで「このトマトは私が作りました！」みたいなやつって言えば分かるかな。

よく見たら、名前が書いてあって、名前の前には「故」って書かれてんの。

なんと、このお店で売られている物は遺品だったの。「きしょっ！」って思って、すぐに出ようとしたら、1枚の写真が目に飛び込んできたの。

メグのママだった。美人だけど髪《かみ》の毛がボサボサで、顔色が悪くて、痩《や》せこけた女の人。

間違いなくメグのママだったの。

「嘘《うそ》でしょ、ママ、死んじゃってたの!?」

ママの遺品はスマホだった。スマホはちゃんと使えるみたいで、ご丁寧《ていねい》にも、解読されたパスワードが書かれたメモまでついてたの。

もちろん、買ったよ！　家に帰ってママのスマホを見てみると、ママはいろんなSNSにアクセスしてた。ママがいつもスマホばかりいじっていたのは、これをやってたからなんだと分かった。でね、ママはSNSでこんな書き込みをしてたの。

『私は15年間、監禁《かんきん》されています！』『男はずっと家にいて私を監視しています』『誰《だれ》か警察に知らせて！』

けど、みんなママの書き込みを『やらせ』とか『メンヘラちゃん』とか言って、相手にしてなかった。

そして最後、ママの書き込みはこんな言葉で終わってた。

『助けて！　男に殺される！』

玄関《げんかん》が開く音がして、パパが帰ってきた。

それからしばらくすると、お店はなくなってた。
メグは思うんだ。あのお店はメグに大事なことを
教えてくれるために、メグの町にやってきたんだって。
メグは知らなかったよ。ママがメンヘラちゃんだったなんて。
可哀想《かわいそう》なパパ。これからはメグがずっと一緒《いっしょ》だからね。

SHOP 010

閉館した映画館

出席番号10番
小林 銀

僕《ぼく》の住む地域は、都市再開発の手が届いておらず、未だに古い建物が多く残っている。その中には、閉館した映画館もあった。子どもの頃《ころ》に父によく連れてきてもらった記憶《きおく》があり、思えばその経験が僕を映画好きにした。

ある日、閉館したはずの映画館から映画のチケットが送られてきた。リニューアルオープンでもしたのだろうか。上演時間が深夜0時のレイトショーだった。どんな映画なのか分からなかったが、僕は観《み》に行ってみることにした。

映画館の中はカビ臭《くさ》く、客席の赤いビロードは擦《す》り切れ、色褪《あ》せていた。観客は、僕ひとりだけだった。椅子《いす》に座ってしばらくするとブザーがなり、映画が始まった。

なんと主人公は子どもの頃の僕だった。アドベンチャーもので、当時の僕の実体験をハラハラドキドキに脚色したものだった。

映画が終わっても、僕はしばらく呆然《ぼうぜん》と椅子に座ったままだった。驚《おどろ》きと感動、そして懐《なつ》かしさ。いろんな感情で胸がいっぱいだった。

映画館の外に出ると、東の空がうっすらと明るくなってきていた。

それから数日して、またもやレイトショーのチケットが送られてきた。

やはり観客は僕ひとりで、まさに今の僕を主人公にした青春映画だった。自己探求に葛《かっ》藤《とう》しながらも友情を深めていくストーリーが、繊細《せんさい》なタッチで描《えが》かれていた。

映画が終わると、前回と同じように深い感激《かんげき》を胸に、僕は長い間椅子に体を沈《しず》めていた。

そして興奮冷めやらぬまま、朝日に照らされる道を家路《いえじ》についた。

次は20代の僕が切ない恋に翻弄《ほんろう》されるラブロマンスだった。ヒロイン役の女性が美しく、映画を観ている間中、僕の心臓はドキドキしっぱなしだった。映画は最後、恋の試練を乗り越えた僕がヒロインの女性と熱い抱擁《ほうよう》を交わすシーンで幕を閉じた。

映画館の外に出ると小雨が降っていて、火照《ほて》った体を冷ますのにちょうどよかった。

それからも、映画館からいろんなレイトショーのチケットが送られてきた。

新入社員の僕が職場で奮闘するドタバタコメディ。人生の再起をかけて中年の僕が挑《いど》むヒューマンドラマ。

映画館を出るといつも朝日が僕を待っていた。人生はどんなに辛《つら》いことがあっても、明けない夜はないのだと、僕はこれから訪《おとず》れる未来に胸を震《ふる》わせた。

そして今夜、僕が観ているのは老年期の僕が主人公の映画だった。スクリーンの中の僕は、映画館の椅子に腰《こし》かけたまま安らかに眠《ねむ》っていた。穏やかな死に顔だった。

スクリーンの中の僕と、今の僕は全てが同じだった。僕が老人ではなく、14歳《さい》であることをのぞいては。僕が再び朝日を見ることはなく、開いたままの瞳《ひとみ》に映画のエンドロールが映し出される。

そして、理解した。本当は、僕はこれらの映画を観てはいけなかったのだ。僕は一生分の映画を観ることで、残りの一生を生きてしまったのだった。

誰《だれ》も観客のいない映画館で、
ひっそりと次の映画の上映が始まった。
それは、１人の少年が死後の世界で亡《な》き父親と再会をする、
涙《なみだ》なしでは観られない感動のファンタジー映画だった。

SHOP 011

行きつけのヘアーサロン

出席番号11番
紺野　杏

シャンプー台に横になると、ふわりと柔らかい布が顔の上に載せられ、視界が遮《さえぎ》られた。それから少しして、誰《だれ》かがそばに立つ気配がした。

「今日シャンプーを担当させていただく、ユリと申します」女の人の声がした。

行きつけのこの店では、シャンプーは見習い中の美容師さんがしてくれる。私とユリさんは好きなYouTuberが同じで話が盛り上がったが、ユリさんの手はひんやりしていて気持ちよく、シャンプーの途中で、私はいつの間にか眠《ねむ》ってしまった。

目覚めると大きな鏡の前に座っていた。いつも髪《かみ》を切ってくれる美容師のお兄さんが、笑顔で立っていた。今日はどんな髪形にしたいかと聞かれた時、後ろの席にいる女性の姿が目に入った。アシンメトリーのボブカットで、とても素敵な髪形だった。

「あの人みたいな髪形にしたいです」

私が鏡の中を指差すと、お兄さんは変な顔をした。振《ふ》り返ると、後ろの席には誰もおらず、鏡の中の女性の姿も消えていた。

一瞬《いっしゅん》不思議に思ったが、シャンプー中にうたた寝をしていたせいで、見間違えたのだろう。そう自分に言い聞かせ、その場は笑ってごまかした。

カット中、お兄さんと私の好きなYouTuberの話になったので「シャンプーをしてくれたお姉さんもファンだって言ってました」と言うと、お兄さんはまた変な顔をした。

「今日、杏ちゃんのシャンプーを担当したのは彼《かれ》だよ」

そう言って、近くでお兄さんのカットをじっと見ている若い男性を指差した。

私は驚《おどろ》いたけど、顔には出さず「そうでしたね」と笑って流した。

次の日、お店からのサンキューメールの他に、ユリさんからもメッセージが届いていた。カットの練習をしたいから、自分のモデルになってくれないかという内容だった。

私はユリさんとまた話がしたかったので、快《こころよ》く承諾《しょうだく》した。

お店が営業を終えた夜に行くと、ユリさんが出迎《でむか》えてくれた。この前は顔が分からなかったけど、ユリさんは綺麗《きれい》な人で髪はアシンメトリーのボブカットだった。

この日も私たちは会話に花を咲《さ》かせ、楽しいひとときを過ごした。ユリさんは来月見習いを終え、美容師になるのだと言った。

次にお店に行った時、私がユリさんを指名すると、受付の女性は顔を青ざめさせ、ユリさんは半年前にあちらの世界に旅立ったと教えてくれた。

返す言葉がなかった。私は呆然《ぼうぜん》とその場に立ち尽くした。

お店の鏡に私の姿が映っていた。そういえば私の髪はユリさんに切ってもらってから、全く伸びていない。いや、もっとその前から伸びていない。いつも私を担当してくれるお兄さんが出てきた。お兄さんもこの10年間、ちっとも変わっていない。お兄さんだけじゃない、受付の女性も、ここにいるみんなそうだ。

ユリさんは、私たちの間では
“あちら”と呼ばれている現世の世界の人で、
“あちら”の世界で〈あの世〉と呼ばれる
この世界の人ではすでになかったらしい。
美容師の夢半ばで、生まれ変わらねばならなかった
ユリさんの無念が、ああして形となって
私の前に現れたのかもしれない。

SHOP 012

変わった服を売る古着屋

出席番号12番
佐藤　快

俺《おれ》の趣味は休みの日、ひとりで古着屋巡《めぐ》りをすることだ。

その日、ふらりと入った古着屋は、変わった古着を売る店だった。

警察官の制服にコックコート。旧日本軍の軍服。他には、探偵《たんてい》のコートや冒険家の帽子《ぼうし》なんてのもあった。最初、間違ってコスプレショップに入ったかと思ったくらいだ。

ちょうどハロウィンが近いこともあり、俺は消防士の防火服を買った。

夜、家に帰って着てみると、防火服はまるで俺の第二の皮膚《ひふ》のように体に馴染《なじ》んだ。

その時、窓の外から消防車のサイレンの音が聞こえてきて、その瞬間《しゅんかん》、心の奥底から熱い使命感のようなものが湧《わ》き上がってきた。

「救わねば」俺はそう呟《つぶや》くと、家の外に走り出た。タクシーで火事現場に向かうと、消防士たちに交じって、消火活動と人命救助に尽力した。無事任務を終えると、俺はそっと現場から離れた。

消防士が俺に憑依《ひょうい》したとしか思えなかった。もしかして、あの古着屋の服は全て同じ効果があるのだろうか？　それを確かめるべく、俺はコックコートを買ってみた。すると思った通り、あっという間に高級店で出されるような1皿を作ってしまった。

俺は考えた。この服たちをうまく使えば、人生思いのままではないか？

俺は天才の下着というものを買って、中間試験に臨《のぞ》んでみた。そして見事学年1位の成績を収めた。その後も人気俳優のジャケットなど、いろんな服を試してみた。人生イージーモードで笑いが止まらなかった。

ある時、こんなことを思いついた。この服たちで他人を操ることができるのでは？

俺は部活のキャプテンに、引退したサッカー選手のトレーニングウェアをプレゼントした。その結果、彼は引退し、俺は次のサッカー部のキャプテンになった。

次のターゲットは、前から何かと俺に対抗《たいこう》意識を燃やしてくるあいつだ。あいつには囚人服《しゅうじん》を贈《おく》ることにした。何も知らない奴は「へぇ、面白いな」なんて言いながら、囚人服に袖《そで》を通した。途端《とたん》に奴は殺気立ち、なんと俺に襲《おそ》いかかってきた。

激しい攻防の末、俺たちは同時にその場に倒《たお》れた。

目覚めると自分の部屋で寝ていた。ベッドから起き上がろうとしてギョッとした。

俺が着ていたのは白い死装束《しにしょうぞく》だった。

ベッドの上に置いてあったので着せたと、母が言った。

慌《あわ》てて脱ごうとしたが、ピッタリと皮膚《ひふ》に張り付いて脱げない。俺はパニックになってもがいた。爪《つめ》を立て、服を引きちぎると皮膚が一緒《いっしょ》になって剥《は》がれた。それでもかまわずもがき続け、白い死装束が真っ赤に染まっていった。

なんとか装束を脱いだ時には、俺は因幡《いなば》の白兎《しろうさぎ》のように全身の皮膚が無惨《むざん》に剥ぎ取られていた。

今の俺は患者服を着せられて、病院のベッドに寝かされている。

しかし、俺は知らなかった。
俺の着ている患者服は、以前、病を苦に
飛び降り自殺した人のものだったことを。
そして今、俺は病院の屋上に立っている。

SHOP 013

路地裏にある画廊《がろう》

出席番号13番
佐藤　詩音

私は小さい頃《ころ》から絵を描《か》くのが好きで、みんなには内緒《ないしょ》にしているけど、将来は画家になれたらいいな、と思っている。けれど、たとえ画家になれなくても、素敵な旦那《だんな》さんと巡《めぐ》り会えて、平凡《へいぼん》でもいいから幸せな家庭が作れたら、それでいいと思っている。

1つだけ贅沢《ぜいたく》を言えば、子どもは女の子がいいかな、なんてね。

ある日、街で買い物をした帰り道、気づくと私は細い路地裏に迷い込んでいた。すると、道の突《つ》き当たりにひっそりと佇《たたず》む画廊が目に留まった。窓に『時空ギャラリー』と書かれていて、入り口に飾《かざ》られた1枚の風景画に、私の目は釘付けになった。

道の角にある赤いポスト、電柱に貼《は》られた歯科医院の広告、並んだ一戸建ての家々。それは、私の部屋の窓から見た景色とそっくり同じだった。目の前の家にいつも停《と》まっている水色の軽自動車まで同じだ。そして、次に見た絵はさらに私を驚《おどろ》かせた。

花柄のカーテンのかかる窓の部屋は、私の部屋だった。家具の配置まで全て一緒だ。

その横には人物画が飾られていて、微笑《ほほえ》む女性は私の母だった。胸には赤いルビーのネックレスがつけられている。

驚《おどろ》くことに、その画廊に展示されている絵は全て、私が知っている景色や人だった。

画廊には誰《だれ》もおらず、奥のドアが細く開いていた。

そっと中をのぞいてみると、恐ろしい光景が目に飛び込んできた。

白髪《しらが》を振り乱した異様な風貌の老女が、一心不乱にキャンバスの上に絵の具を飛ばしていた。肌《はだ》は死人のように土気色で、血走った目はギラつき、血色の悪い唇《くちびる》には血が滲《にじ》んでいた。よく見ると、骨が浮《う》き出た首には、赤いルビーのネックレスがつけられていた。

それは、母が将来私に譲《ゆず》ると約束してくれているネックレスだった。

女は未来の私だった。

目の前が真っ暗になり、絶望の淵に突《つ》き落とされたような気分になった。胸の奥深くから冷たい恐怖が湧《わ》き上がり、全身に冷や汗《あせ》が流れた。未来の希望が音を立てて崩《くず》れ去っていく。こんな未来が待っているなら、死んだ方がましだと思った。

その後、どうやって家までたどり着いたのか覚えていない。

私は花柄のカーテンがかかる自分の部屋で、首を吊《つ》って自ら命を絶った。

＊

今、アトリエから誰か出て行った気がしたが、気のせいだろうか？

「早くしないと、ハロウィンパーティに遅れるよ」

娘と夫が呼んでいる。

今年で34歳《さい》になる私は、成功した画家として充実した毎日を送っている。

しかしその瞬間《しゅんかん》、ひんやりとした生臭《なまぐさ》い風が吹き抜《ぬ》け、私は悲鳴を上げる暇《ひま》もなく、ただの幻影となって消え去った。

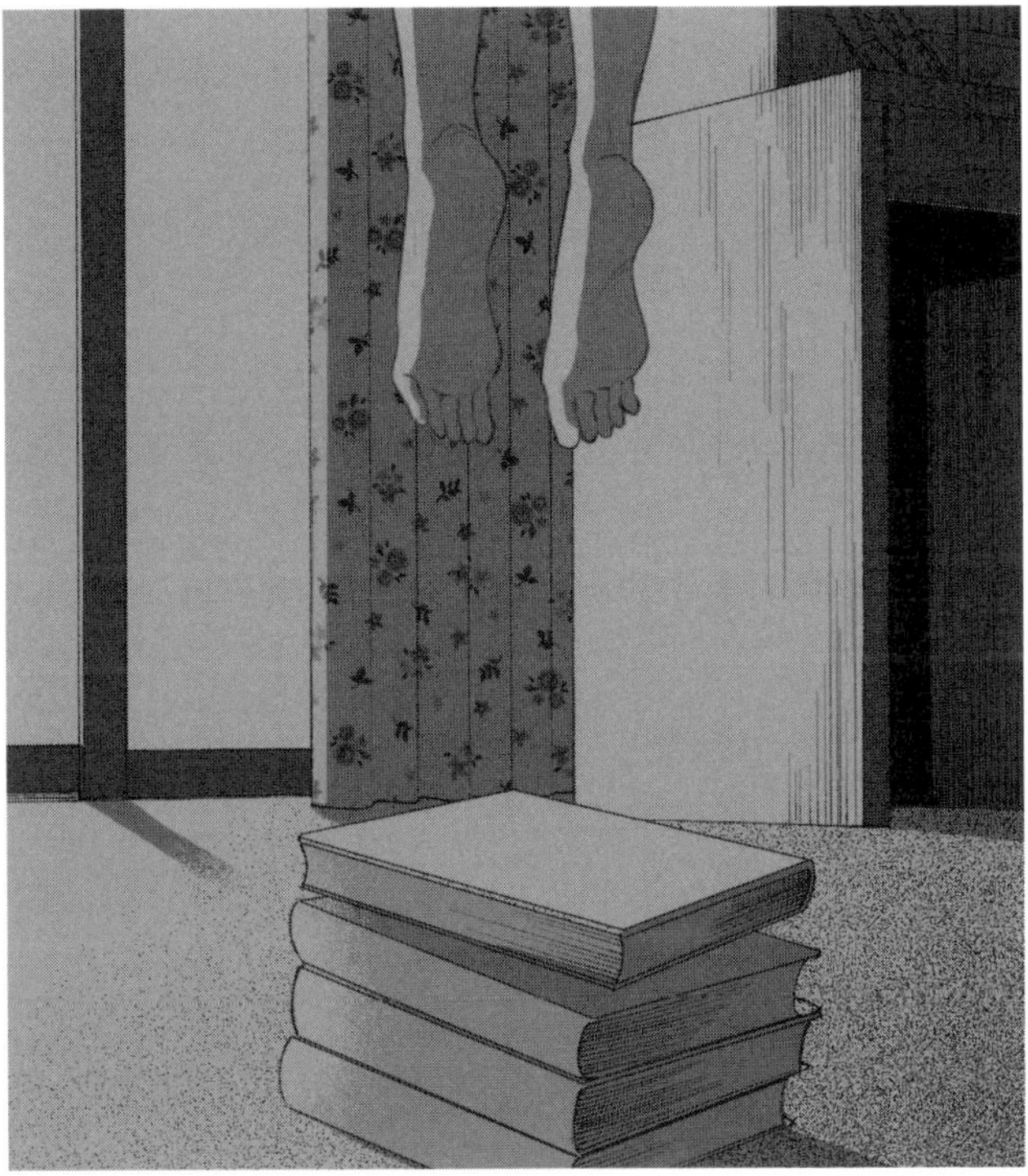

画廊の窓から差し込む秋の夕日が、
１枚の絵を静かに照らしている。
窓に花柄のカーテンがかかる部屋の隅《すみ》に、
丸い輪を作り、吊るされた白いロープが
不気味に浮かび上がった。

SHOP 014

悪夢のゲームセンター

出席番号14番
澤村　尚哉

最近、駅前に新しくゲームセンターができて、早速《さっそく》行ってみた。

店は鮮やかなネオンライトが輝《かがや》き、店内に流れるBGMと共にゲームの効果音が響《ひび》き渡《わた》っていた。ふと、店の隅《すみ》の薄暗いコーナーに、昭和時代を思わせるような旧式のゲーム機が置かれているのに気づいた。

「ゾンビ・エスケープ」という名前のシューティングゲームで、その古めかしさが妙《みょう》に人を惹《ひ》きつけるオーラを放っている。

ゲーム機の前に立つと、お金を入れてもないのにいきなりゲームが始まった。

戸惑《とまど》いながらも、俺《おれ》は目の前のマシンガン型の端末《たんまつ》を握《にぎ》った。不気味な音楽がかかり、画面には廃墟《はいきょ》となった街並みが映し出された。突然《とつぜん》、横から恐《おそ》ろしい顔をしたゾンビが現れた。古い機種なのに、びっくりするほどリアルなゾンビだった。俺は慌《あわ》てて狙《ねら》いを定めるとマシンガンのトリガーを引いた。

銃声が響き、手に強い衝撃《しょうげき》が伝わる。弾丸《だんがん》がゾンビの顔に命中すると、生々しい音を立てて頭が爆発した。そこら中に血飛沫《しぶき》が飛び散り臨場感がハンパない。

その瞬間《しゅんかん》、俺の顔にべしゃっと、何かが飛んできた。手で拭《ぬぐ》うと、血まみれの肉片のような塊《かたまり》だった。

「うわぁぁぁぁ」俺は肉片を投げ捨てた。しかし、すかさず次のゾンビが襲《おそ》いかかってくるので、画面から目を離さずにはおれない。

「なんだこのゲーム、3Dどころじゃねぇ」

旧式なのは見せかけだけで、もしかしたら超《ちょう》最新型の機種か？

俺は端末を握りしめ、次々とゾンビたちを倒《たお》していった。ゾンビの数はどんどん増えていき、その動きも早くなっていく。しかし、途中で弾《たま》がなくなり、最後は画面がゾンビたちで覆《おお》い尽くされてゲームオーバーとなってしまった。

全身から汗《あせ》が噴《ふ》き出し、手が震《ふる》えていた。こんな恐ろしいゲーム初めてだ。

突然、空間を切り裂《さ》くような悲鳴が聞こえた。振り向くと、女性が青い顔をして俺を指さしている。俺はゾンビの返り血を浴《あ》びて血だらけで、周りには肉片が散らばっていた。

「いや、これはゲームで……」しかし、女性は俺の声など聞こえないように叫《さけ》んだ。

「誰《だれ》か！　警察ー！」俺はあっという間に周りにいた人たちに取り押《お》さえられ、駆けつけた警察官に引き渡された。理由を説明する隙《すき》もなかった。

こんなことあり得ない。でも話せばちゃんと分かってもらえるはずだ。

しかし、警察署で突《つ》きつけられたものを見て、俺は愕然《がくぜん》とした。

それは、俺がゲームセンターでマシンガンを乱射し、人々を撃ちまくっている動画だった。誰も俺の言うことを信じてくれなかった。それに「ゾンビ・エスケープ」などというゲームはあの店にはないと言う。

俺の頭はイカれてしまったのだろうか？

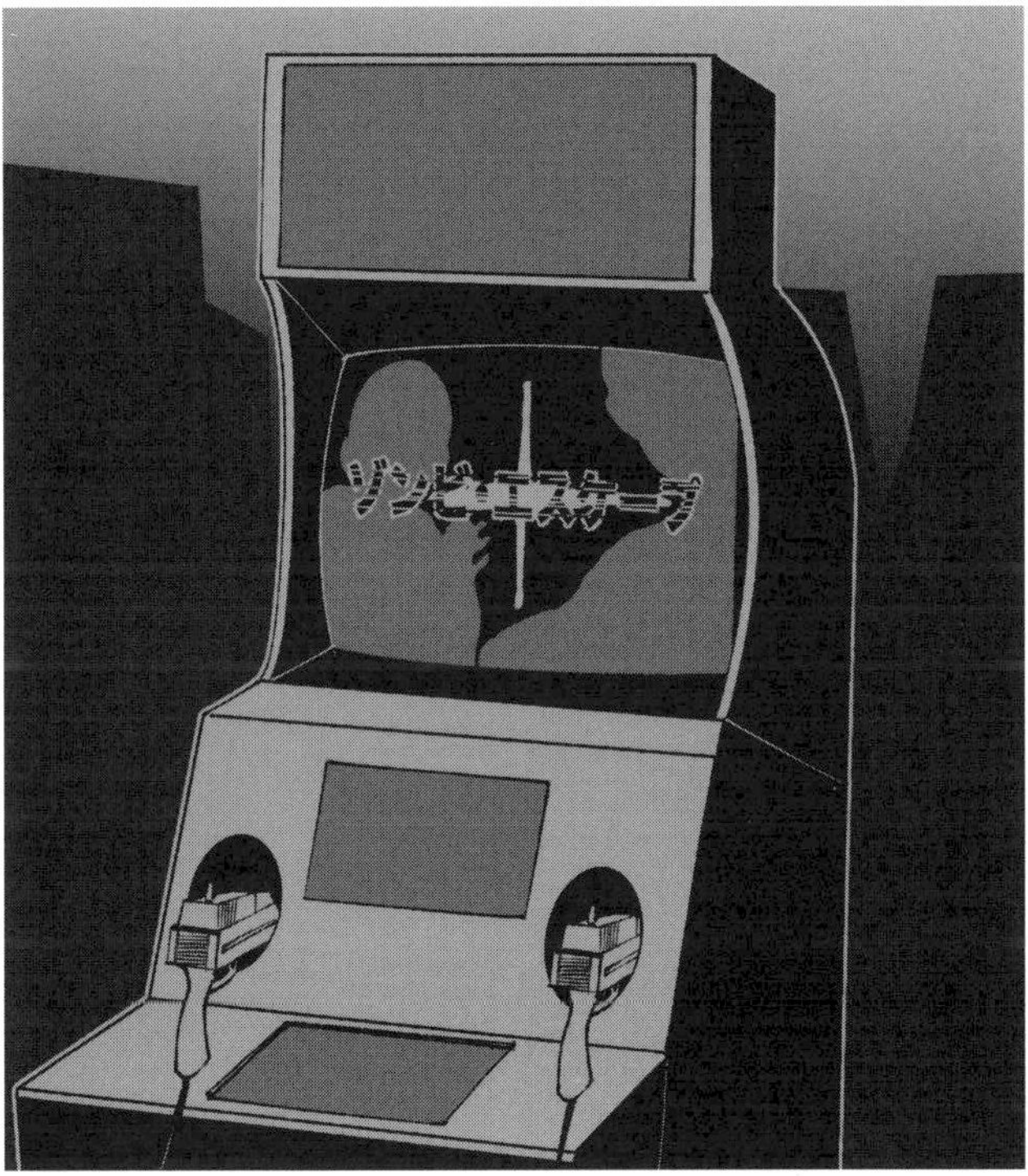

目覚めると、俺はヘッドセットとゴーグルを装着《そうちゃく》し、
狭《せま》い空間にいた。
「これでMRMは終了です」
すべては最新のゲームだったのだ。
どっと疲《つか》れを感じながらも、ほっとして俺は外に出た。
すると、そこには刑事が待っていた。
「最新のメモリー・リプレイ・マシンはリアルだったろう？
どうだ？　自分のしたことを思い出したか？」

SHOP 015

客のいないレストラン

出席番号15番
鈴木　美羽

古い洋館を改装したようなそのレストランは、深い森の中にひっそりとありました。辺りには濃い霧《きり》が立ち込め、窓からは店内の灯りが漏《も》れています。私は吸い寄せられるようにして、レストランへと足を向けました。

店には客は誰《だれ》もいませんでした。ですがよく見ると、テーブルの上には客のものと思われるスマホやハンドバッグなどの荷物が置かれているのです。いったい、みんなどこへ行ってしまったのでしょうか。

「ようこそ、いらっしゃいました」

奥から外国映画に登場するようなギャルソンが出てきて、私を席へと案内してくれます。窓際に眺《なが》めの良い席が空いていましたが、そこではなく、別の席にギャルソンは私を通しました。テーブルには1輪のお花が飾《かざ》られていました。

メニューを見ていると、誰も座っていない窓際の席に料理が運ばれてきました。しばらくすると皿は下げられ、次はスープが運ばれてきました。そしてまた、ひと口も手をつけられないまま皿は下げられ、今度は魚料理が運ばれてきました。

どうやらフランス料理のフルコースのようでした。よく見ると、座席の椅子《いす》が濡《ぬ》れていました。ギャルソンはまるでそこに誰か座っているかのように、うやうやしくグラスにワインを注いだりしています。それからも、肉料理、デザートと続き、最後にコーヒーが運ばれてきました。不思議に思った私はギャルソンに尋《たず》ねました。

するとギャルソンは、微笑《ほほえ》みながらも憂《うれ》いを含んだ表情で答えました。

「今日は当店の大事なお客様のお誕生日なのです」

窓際の席は、客が好んでいつも座っていた席で、その人はこの世にはすでにいない人でした。窓際の席の謎は解けましたが、もう1つの疑問が残っていました。

「他のお客さんたちはどこへ行ってしまったのですか？」

ギャルソンは静かにこう答えました。

「苦しみから解放される場所です」

このレストランの近くには、自殺の名所と呼ばれる滝がありました。残された荷物は、みな死ぬ前にこの店に立ち寄った人たちのものだったのです。

そして、今日が誕生日だという常連客こそが、その滝に身を投げた最初のひとりだったのです。店がこうやって料理を出すのは、常連客の魂《たましい》を弔《とむら》うためでした。

私がテーブルのお花を手にして店を出るのを、ギャルソンが悲しそうな瞳《ひとみ》で見つめていました。

私は最初から気づいていました。ギャルソンの全身がびっしょりと濡《ぬ》れていたことに。

彼《かれ》もまた、滝に飛び込んだひとりだったのです。

あの店は、死者が死者を弔う悲しい店だったのです。

その常連客は、私の母でした。
そしてあのギャルソンは、たぶん私の父です。
私は生まれてすぐに里親に引き取られ、
両親のことは話でしか知りません。
これは遺伝でしょうか？
私は滝の前まで来ると、白く泡立つ水の中に身を躍《おど》らせました。

SHOP
016

居心地のいいネットカフェ

出席番号16番
瀬虫　蛍太

道を歩いていると、どこからか甘い香りがしてきた。

香りの出所はネットカフェで、吸い寄せられるように僕《ぼく》は中に入って行った。店内は薄暗く、甘い香りは濃《こ》さを増し、じめっとした空気は体にまとわりつくようだった。

ドリンクバーでジュースを注ぎ、漫画《まんが》を数冊持って自分のブースに行く。

ズル……ズルッ。中で何かが這《は》っているような音がした。誰《だれ》かいるのだろうか？

「あのう、すみません」声をかけて待ってみたが、反応がない。

そっと中をのぞくと、誰もいなかった。気のせいだったのか？

靴《くつ》を脱いで小箱のような空間に入ると、今度は外に気配を感じた。

ドアの隙間《すきま》から、人の形をした何かがブースの前に立っているのが見えた。

さすがにちょっと気持ち悪いなと思った。でも、気づくといなくなっていて、ほっとした。しかし、それも束《つか》の間。強い視線を感じ、何気なく上を見た。

どろどろに溶《と》けた顔の男が、隣《となり》から僕のブースをのぞいていた。

「うわぁぁぁ」

僕は飛び起きた。どうやら寝てしまっていたようだ。辺りを見回したが、男の顔も、外に誰かいる気配もない。全部夢だったのだ。すると突然《とつぜん》、電源を入れていないパソコンが立ち上がり、暗い画面にどろっとした人の顔のようなものが浮《う》かび上がってきた。

ヤバいかも。そう直感した僕は、荷物を持ってブースから飛び出すと、出口に向かって走った。しかし、途中何かにつまずいて転んでしまった。目の前に骸骨《がいこつ》が転がっていた。

「うわぁぁぁ」

僕は飛び起きた。僕はブースの中にいた。また寝ていたようだ。全身汗《あせ》でびっしょりだった。シャワーを浴びに行くと、誰か入っている。足元を見てギクリとした。シャワールームから、どろどろの体液のようなものが溢《あふ》れ出てきているのだ。ふと見ると、わずかに開いた扉《とびら》から、大きく目を見開いた女がこっちを見ていた。しかも、その顔が半分溶けている。

「うわぁぁぁ」

そこで目が覚めた。僕はブースの中にいた。また夢だったのだ。しかも、部屋の隅《すみ》に吐《と》瀉物《しゃぶつ》のようなものがあって、人間の目玉のようなものが混じっていた。

僕はもう驚《おどろ》かなかった。これも夢かも知れないと、漫画を読み始めた。

それからも、僕は何度も寝ては覚めてを繰《く》り返した。

もう何が夢で、何が現実か分からない。

それにしても、この狭《せま》いネットカフェの空間は妙《みょう》に心地良い。

こうやって丸くなって寝ているだけで、充実した気分に浸れる。

たまに隣のブースに誰か入ると、上からのぞいて驚かせてみたりするのも楽しい。

こういう所を天国と言うのかもしれない。そう思う僕は変だろうか?

夢を見た。
僕は昆虫《こんちゅう》になっていて、甘い匂《にお》いに誘《さそ》われるまま、
巨大な食虫植物に捕《つか》まってしまう夢だ。
目が覚めると、体が半分溶けていた。
大丈夫《だいじょうぶ》。これもまた夢だ。

SHOP
017

街中のアパレルショップ

出席番号17番
高島　三幸

あたしの入ったそのお店は、人気のアパレルショップがたくさん入ったビルの地下にあったんだ。一緒《いっしょ》にショッピングに来た友だちとは、服のセンスが違ったのもあって、後から合流することにして別れたの。

店頭にディスプレイされている真っ赤なワンピースがめっちゃ可愛くて、すっごい欲しくなったけど、この服はあたしにはちょっと大人っぽいかなぁと思って、諦《あきら》めちゃった。

店で服を見て回って、気に入ったものを何着か持って試着室に入った。試着室は薄暗くて、蛍光灯《けいこうとう》の灯りがついたり消えたりしていて、ちょっと怖《こわ》かったのを覚えてる。

店頭でいいなと思った服は、実際に着てみるとどれもぱっとしなくて、鏡に映るあたしは子どもっぽくて、なんかこれじゃまるで小学生みたいってがっかりしちゃった。

そしたら試着室の外から、ショップの店員さんの声がしたの。

「いかがですか？　他にも試してみたい服がありましたら、お持ちしますよ」

そう言われて、あたしの頭にぱっと、あの赤いワンピースが浮《う》かんだんだ。だから店員さんにお願いして持ってきてもらうことにしたの。

しばらくしたら、試着室のカーテンの隙間《すきま》から、にょっきりと手が現れてちょっとびっくりした。店員さんの手は指がめっちゃ長くて細くて、爪《つめ》にはワンピースと同じ真っ赤なネイルアートがしてあった。ハロウィン仕様なのか、凝《こ》ったドクロの絵が印象的だった。

「このワンピースは人気で、これが最後の一着なんですよ」店員さんは言った。

着てみるとワンピースは意外にもあたしにぴったりだったの。最後の一着だと言われて即決した。

試着室を出てレジに行ったけど誰《だれ》もいない。店内を見回したけど、やっぱり誰もいないの。

おかしい、さっきまでいた店員さんはどこに行ってしまったんだろうって思っていたら、店の奥からひとりの女の人が出てきたの。

「すみません、お待たせしてしまって」女の人は素早くレジを打ち始めたんだけど、その手はぽっちゃりしていて、爪《つめ》にはなんにも塗《ぬ》られてなかった。

さっき、あたしにワンピースを持ってきてくれた人じゃなかった。声も違う。

お金を払ってお店を出ようとした時、店頭に裸《はだか》のマネキンが立ってた。あたしの買った赤いワンピースを着てたマネキンだ。

その指先を見た時、ぎくっとした。だって、そのマネキンの手には、さっきカーテンの隙間から覗《のぞ》いた手と同じドクロの赤いネイルがしてあったの。

「はは、まさかね」

あたしは胸の前でぎゅっと、ワンピースの入ったお店の袋を抱きしめた。

そしたら、マネキンがぎょろっとあたしを見て言ったの。

「私の服を返して」

あたしは悲鳴をあげると、
ワンピースの入った袋をその場に投げ捨てて逃《に》げた。
後日、お金を返して欲しくてお店に電話したんだ。
そしたら電話口から聞こえてきたのは、
あのマネキンの声だった。
怖くなってすぐ切った。
友だちも誰もあたしの話を信じてくれないけど、
でもこれ、本当の話だよ。

SHOP 018

古いスーパーマーケット

出席番号18番
垂石　悠人

僕《ぼく》の住む地域にはスーパーマーケットが2つある。

1つは昔からあるスーパーマーケットで、もう1つは最近できた大型スーパーマーケットだ。新しい店は清潔で照明も明るく、品揃《ぞろ》えも豊富だ。一方、古い店は薄暗く、どこかじめっとしていた。しかし、品数は少ないが、ブリキ製のちりとりやレトロなおもちゃなど、こんなものまで？　と思うような物が売られていたりする。

当然、客は新しい店に流れたが、昔からのよしみの客もいるようで、古い方の店は細々《ほそぼそ》と営業を続けていた。

僕の家はその店から近いこともあり、同じものを買うのなら古い店で買うことの方が多かった。

けれど、ついに来月で店は閉店することになった。スーパーの後は、コスメショップができるらしい。窓に『閉店セール』の紙がたくさん貼《は》られているのを見ると、少し寂《さび》しい気持ちになった。

その頃《ころ》からだろうか、店で買い物をすると、買った覚えのない物が、いつの間にかレジを通り、袋の中に紛《まぎ》れ込むようになったのは。

最初は、景品に小さなおもちゃがついたキャラメルだった。この時は、間違って何かの拍子《ひょうし》にカゴに入ってしまったのだろうと気にせずに、そのままやり過ごした。

次はお子様用の甘口カレールーだった。我が家のカレーは辛口だ。店に返品しに行って帰ってくると、返したはずのカレールーが食卓《しょくたく》の上に載っているではないか。

それからも、ちょくちょく買ったつもりのない物を買っていて、返品しても品物が戻《もど》ってくるという奇妙《きみょう》な出来事が続いた。

うさぎの絵が描《か》かれた子ども用の食器。蝶々《ちょうちょう》の髪《かみ》留めピン。歩くと、キューキューと音が鳴る子ども用の赤いサンダル。

まるでこの家に小さな女の子がいるみたいだった。

そして、店が閉店を迎えたその日の夜中、僕の家の玄関《げんかん》のインターホンが鳴った。

玄関に出てみたが、誰《だれ》もいない。すると、家族が起きてやってきた。

「あ〜、やっぱり来ちゃったかぁ」

3人とも玄関を見てうなずいている。ちなみに、僕以外の家族3人には霊感《れいかん》がある。

玄関に立っていたのは、小さな女の子で、女の子は古いスーパーにいた幽霊《ゆうれい》だった。

スーパーの袋に買った覚えのない物が入っていたのは、女の子が僕らの荷物の中に紛れ込ませていたのだった。

秋の終わりの寒い雨の日に、女の子は親にスーパーに置き去りにされ、捨てられた子どもだった。雨で濡《ぬ》れた女の子は風邪《かぜ》をこじらせ、肺炎《はいえん》になって亡くなっていたのだった。

「ここで待っててね」
母親にそう言われて、死んでからもずっと母親を
待ち続けた女の子。
けれど、スーパーがなくなることになり、
どうしたらいいか分からずに、僕の家に来てしまったのだ。
しばらく僕たち家族と過ごした女の子は、魂《たましい》が慰《なぐさ》められたのか、
ある日、小さな光となって空へと昇《のぼ》っていった。

SHOP
019

願いを叶《かな》えてくれるパワーストーン

出席番号19番
千葉　弥緒衣

私の夢は、自分だけの空間に引きこもってBL漫画《まんが》を読み耽《ふけ》ることだ。うちは祖父母と同居していて、きょうだいも多い大家族。だから、私は自分の部屋を持っていない。ちなみに私が腐女子《ふじょし》であることは、周りには内緒《ないしょ》にしている。だから、BL漫画を隠《かく》す場所にいつも苦労している。いつか大人になって家を出たら、好きなBL漫画に囲まれて好きなだけ読み耽るのが夢だ。

ある日、パワーストーンが欲しいと言う友だちの買い物に付き合うことになった。店内はまるで鍾乳洞《しょうにゅうどう》のように薄暗く、蝋燭《ろうそく》の炎《ほのお》が色も形もさまざまな石を照らしていた。その中で、私は卵形の黒い石に目を奪《うば》われた。手の平にすっぽりおさまるサイズで、『願いを叶える石』と書かれていた。値段は1000円と手頃《てごろ》で、思わず買ってしまった。せっかくだから願掛《がんか》けをしてみることにした。

「クラスの角田君と戸ヶ崎君がいちゃついているところが見たい」

この2人は私の脳内カップル№1なんだけど、仲のいいグループが違い、今まで一緒にいるところを見たことがなかった。そしたら、次の日なんと2人がじゃれ合って遊んでいるではないか！　もしかして石のおかげ？　私は、次は別の2人をお願いしてみた。こちらも私のお気に入りの妄想《もうそう》カップルの2人だ。そしたら、また願いが叶えられた。これはすごい。私は次から次へとクラスの男子たちを使って石によからぬ妄想をお願いし、願いは次々と叶えられていった。

でも、ある時から夜中にぶつぶつとどこからか声が聞こえるようになった。声の元を探すと、信じられないことにそれはパワーストーン屋で買った石からだった。

「おまえの願い、クソすぎる。代償《だいしょう》を払え」

石はそう言っていた。クソとは聞き捨てならないが、石を怒らせて願いを叶えてもらえなくなったら困る。それにしても代償とはなんだ？　お金はちゃんと払ったではないか。

とりあえず、石に水とお菓子《かし》をお供《そな》えしてみた。けど、夜中の声は止まない。もしや生きたヤギなんかを捧げないといけないのか？　いや、それは代償ではなく生贄《いけにえ》だ。試しに冷蔵庫の鶏肉《とり》をあげてみた。けど、効果はなかった。

このままでは、石が機嫌《きげん》を損ねてしまう。そう思うと、私は夜も眠《ねむ》れなくなってしまった。だんだんと体調が悪くなり、学校に行きたくても行けない日が増えた。そしてついには、好きなＢＬ漫画さえも読む元気がなくなってしまった。

こんなことになるのなら、こんな石、買わなければよかった。私は今まで願いを叶えてもらった恩も忘れて、石を床に叩《たた》きつけようとした。その時だった。石からたくさんの手が伸びてきて、私はあっという間に石の中に引き摺《ず》り込まれてしまった。

私は今、石の中にひとりでいる。皮肉にも、以前私の願いであった、自分だけの空間に引きこもりたいという願いは叶った。

けど、ＢＬ漫画がないから引きこもっても意味がないよ。

「やれやれ、また誰《だれ》かがイタズラでこんなことを」

パワーストーン屋の店主は、『願いを叶える石』と書かれた紙を金色の石の前に置いた。そして金色の石の前にあった紙を、隣《となり》の黒い卵形の石の前に置き直す。

『戒《いまし》めの石』そこにはそう書かれていた。

SHOP
020

見えないものが見える眼鏡を売る、眼鏡屋

出席番号20番
角田　瑛太

俺《おれ》には血の誓《ちか》いを交わした親友がいる。

家がお隣《となり》同士で、幼稚園《ようちえん》からずっと一緒《いっしょ》だ。

小学校の頃《ころ》、やんちゃでクラスで目立つ存在だった親友は、学芸会の劇で『走れメロス』のメロス役に抜擢《ばってき》され、俺はメロスの親友役を演じた。

その時の写真は、今でも大事に俺の部屋に飾《かざ》ってある。

「俺とおまえは死ぬまで友だちだ」

ことあるごとに、俺は親友にそう言っている。

俺の父にも学生時代からの親友がいて、今でも頻繁《ひんぱん》に一緒《いっしょ》に出かけたり、母がいない時には家に呼んだりもしている。

将来結婚《けっこん》しても、俺も親友とあんなふうに仲のいいままでいられたらと思う。

俺は風邪《かぜ》もめったに引かない健康優良児なんだが、最近体の調子が良くない。やたらと体が重く、寒気もする。

病院に行っても原因がよく分からない。

ある日、うっかり道で眼鏡を落としてしまい、レンズが割れてしまった。

ちょうど目の前に眼鏡屋があったので、修理するために入ってみた。店内は薄暗くて、棚《たな》には異様な形をした眼鏡が並べられていた。

でも、変なのは眼鏡だけじゃなかった。その店で売られているのは「見えないものが見える眼鏡」だったのだ。眼鏡によって見えるものが違うという。

俺は早速《さっそく》近くにあった雲形の眼鏡をかけて、通りを見てみた。すると歩いている人たちの頭の上に、漫画《まんが》の吹き出しのような文字が見える。この眼鏡は、人の心の中が見える眼鏡だった。

「運命の赤い糸」が見えるというハート形の眼鏡を店員から勧《すす》められたが、俺は興味がないのでパスした。それよりも「友情の絆《きずな》」が見える眼鏡はないのだろうか。

次に手に取ったのは、火の玉みたいな形をした眼鏡で、持つとひんやりとした。

早速かけて見てみるが、何も見えない。おかしいな、と思い目の前の鏡を見ると、俺の背中にべったりと張りついた親友が見えた。

青白い恨《うら》めしそうな顔をして俺を睨《にら》んでいる。幽霊《ゆうれい》みたいだが親友は死んじゃいないから、これはもしや生き霊《りょう》か⁉

知らなかった。親友は生き霊になるほど俺のことを憎《にく》んでいたのか。最近の体調不良はこれのせいなのか？　ひどく裏切られた気分だった。店員が何か言っているような気がしたが、俺の耳には何も入ってこなかった。

俺はガックリと肩を落として店を出た。

ショックだった。俺と彼女《かのじょ》は死ぬまで親友だと思っていたのに。そう思っていたのは俺だけだったのだ。

「やれやれ、あんなに鈍感《どんかん》じゃ、彼女が本当に生き霊になるのも時間の問題だな。いや、もう半分なっているかも」

店員はそう呟《つぶや》くと、「愛が見える眼鏡」を元の場所に戻《もど》した。

「ちなみにあの子の父親が会っているのは、親友じゃなくて愛人なんだけどな」

店員は「なんでもお見通しの眼鏡」を外し、
ハンカチでレンズを拭《ふ》いた。

SHOP
021

悲しい猫《ねこ》カフェ

出席番号21番
手嶋　葵

少し前、可愛がってた猫のクロが突然《とつぜん》いなくなった。クロは子猫の時に、交通量の多い車道をひとりで歩いてたのを、あたしが見つけて拾ってきた。

クロは栄養失調でガリガリに痩《や》せてて、目ヤニもいっぱいついてた。獣医《じゅうい》さんに、そんなに長くは生きられないだろうって言われたけど、あたし一生懸命《けんめい》クロのお世話をしたんだ。そしてクロは元気になった。

あたしとクロはいつも一緒《いっしょ》だった。それなのにクロ、いったいどこに行っちゃったの？

あたしは寂《さび》しくて仕方なくて、お母さんは新しい猫を飼おうか？　って聞いてくれたけど、クロが戻って来た時に、他の猫がいたらクロが怒っちゃうかもだし、それに、あたしはクロ以外の猫は飼う気がしなかったの。

学校から帰っても、家で塞《ふさ》ぎ込んでるあたしを見て、お母さんが猫カフェにでも行ってきたら？　ってお小遣《こづか》いをくれた。あんまり気は進まなかったけど、お母さんを心配させたくなかったから、あたしは猫カフェに行くことにしたんだ。

でも、行ってみると楽しくて、それからあたしは猫カフェに通うようになったの。カフェの猫ちゃんたちは、みんな元保護猫ちゃんたちだった。

猫ちゃんたちはみんないい子で、噛《か》みついたり引っ掻《か》いたりしないのに、なぜかカフェから帰って来ると、いつもあたしの体に噛み跡《あと》や爪痕《つめあと》があるの。

そんなある日ね、猫ちゃんたちの中に、クロそっくりの猫ちゃんがいるのを見つけたの！　思わず「クロ！」って呼んだら、その猫はぴくんって耳を動かしたんだ。

もしかして、いなくなったクロが保護されて、ここに連れてこられたのかも知れない。

あたしはすぐに店員さんに事情を話して、クロを譲《ゆず》って欲しいってお願いしたの。

そしたらね、店員さんはこう言ったの。

「そんな猫ちゃんはうちにはいませんけど……」

「え、だって、ほらあそこに……」

あたしは猫ちゃんの中に、さっきのクロとそっくりの猫を捜《さが》したの。

でも、どこにもいないの。さっきは絶対いたはずなのに。

クロ、どこに行っちゃったの？　またいなくなっちゃうなんてやだ。

そしたらね、「にゃん」って窓の方から小さな猫の鳴き声がしたんだ。

窓ガラスの隅《すみ》に、クロはいた。

クロはね、死んじゃってたの。

あたしの体についてた傷は、クロがつけた傷だったの。自分以外の猫を可愛がるあたしを見て、クロは嫉妬《しっと》してたの。

あたしが気づかなかっただけで、クロはずっとあたしのそばにいて、ずっとあたしたちは一緒だったの。

クロ、ごめんね。
他の猫を可愛がって、ごめんね。
クロに気づいてあげられなくて、ごめんね。
あたしは涙《なみだ》が止まらなかった。

SHOP 022

住めない家ばかり紹介してくる不動産屋

出席番号22番 戸ヶ崎 翔

家出したぜ。もう二度とあんな家に帰るもんか。みんなで俺《おれ》のこと無視しやがって。俺はこれからひとりで生きていくぜ。ついでだから名前も変えて、別人として生きてみようか。なんだかかっこいいぜ。

とりあえず、今日はネカフェにでも泊《と》まって今後のことを考えることにしよう。

ネカフェでジュースを注いでいたら、ビジネスマン風の男に声をかけられた。

「家をお探しでしたら、いい家をご紹介して差し上げますよ」

男は愛想《あいそ》笑いを浮《う》かべながら、名刺《めいし》を取り出し俺にくれた。

『リボーン不動産〜人生の再出発をお手伝い〜　敷金《しききん》、礼金、仲介《ちゅうかい》手数料、全て0円！』

「俺、中学生なんで」

「うちはどなたでもご利用いただけます。家賃もタダです」

マジかよ!? 俺、やばいところに売られちゃうんじゃね?

「とりあえず内見だけでもされませんか?」

見るだけならと思い、俺は承諾《しょうだく》した。いざとなったらダッシュで逃《に》げればいい。

最初の家は、高級住宅街にある豪邸《ごうてい》だった。でも、すでに若い夫婦が住んでいて、庭でワインを飲みながらBBQをやっていた。セレブでも他人と同居は勘弁《かんべん》だぜ。

「ここはお気に召《め》さないと?」男は「ふむ」と首を捻《ひね》った。

次のマンションにはやはり夫婦と思われる男女がリビングでお金を数えていて、その次のアパートでは、女がひとりで泣いていた。

「おい、空き家はねぇのかよ!」「空き家ねぇ。それがご希望で?」「おうよ」

そこは、誰《だれ》も住んでいない木造アパートの風呂なし4畳半《じょうはん》だった。俺はそこに決めた。

「それではここにサインをお願いします」男は賃貸契約《けいやく》書を取り出した。

サインを済ませた瞬間《しゅんかん》、雷《かみなり》で打たれたような衝撃《しょうげき》が走り、目の前が真っ暗になった。

しまった、やっぱり俺は外国に売られるのか。遠のく意識の中で後悔《こうかい》したが、もう遅い。

目が覚めると、俺は狭《せま》い4畳半の部屋で寝ていた。なんと俺は赤ん坊《ぼう》になっていた。いったいどういうことだ？　そこで俺ははたと気づいた。リボーン不動産のリボーンは、このリボーンのことだったのか？

男が紹介していたのは俺が生まれ変わった時の、新しい家族が住む家だったのだ。つまり俺はすでに死んでいたのだった。この家に誰もいないのは、家賃を払えない親が俺を置いて夜逃《に》げをした後だったからだ。

これだったら最初の家がよかったぜ。俺は生まれて初めて神様に祈《いの》った。するとさっきの男が現れた。こいつ神様だったのかよ。一度だけならチェンジできると、男は俺の願いを叶《かな》えてくれた。

そうして俺はセレブのお坊《ぼっ》ちゃんに生まれ変わったのだった。

けど、俺は誘拐《ゆうかい》犯にさらわれ、警察が交渉に失敗。
犯人に殺されてしまった。
物件は住んでみないと分からないと言うが本当だぜ。
そして再び俺の前に現れた男（神様）に俺は言った。
「前住んでた家を紹介してくれ」
家出したのはいいけど、ホームシックで仕方ないぜ。

SHOP 023

魅《み》惑《わく》のケーキ屋

出席番号23番
留安　苺

古い教会を改装したケーキ屋は、街の外れにありました。店のケーキには全て花の砂糖漬《づ》けが載せられていて、パティシエは20代後半くらいでしょうか？　端正《たんせい》な顔立ちをした男性でした。

正直、それまで私はあまり甘いものは好きではありませんでした。しかし、その店のケーキを食べた瞬間《しゅんかん》、私はその味の虜《とりこ》になってしまいました。

不思議なことに、そのケーキはいくら食べても太りませんでした。それどころか、痩《や》せて前よりキレイになりました。しかし、ケーキばかり食べているうちに、私はケーキ以外の物が食べられなくなってしまいました。寝ても覚めてもケーキのことしか頭になく、まるで危険な薬に侵《おか》された依存症患者のようになってしまいました。また、最近私の体に蟻《あり》がたかってくるようにもなりました。

そんなある日、衝撃《しょうげき》的な事実が発覚しました。ケーキ屋の地下から、たくさんの少女の遺体《いたい》が見つかったのです。少女たちは皆《みな》、殺されたあと砂糖漬けにされていました。砂糖が保存剤となり、彼女《かのじょ》らはまるで眠《ねむ》っているかのようにキレイだったそうです。犯人のパティシエは逃走《とうそう》。マスコミは事件をこう騒《さわ》ぎ立てました。

『甘い洗脳の罠《わな》！　犯人はイケメン殺人鬼！』

私がその店でケーキを買っていたのを知っていた母は、私の無事を泣いて喜びました。

しかし、ケーキを食べなくなってから私の体に異変が起き始めました。なんだか異臭《いしゅう》がするのです。私の体は砂糖が足りなくて、腐《くさ》ってきていたのでした。おかげで蟻ではなくウジがわくようになりました。

本来なら、私も彼女らのようにキレイなまま砂糖漬けになるはずだったのです。

こうしてはいられません！　あのケーキ屋のパティシエを捜《さが》さなくては！

私は必死になってパティシエを捜しました。

そうして別の街で、やはり古い教会を改装したケーキ屋を見つけました。
店の前にはあのパティシエが微笑《ほほえ》みを浮《う》かべて私を待っていました。
「おかえり。僕《ぼく》の可愛いお花ちゃん」
私は大きく口を開けて、彼《かれ》からケーキを食べさせてもらいました。
それはまるで、教会のミサで行われる儀式《ぎしき》のように見えたかもしれません。
私は甘いケーキが自分の体に染み渡《わた》っていくのを感じると、心の底から安心しました。

私は洗脳されているのでしょうか？
でも、もしも私が洗脳されているのなら、世界中の人々も洗脳されているはずです。
だってみんな甘いケーキ大好きでしょう？

SHOP
024

珍《めず》しい動物が売っているペットショップ

出席番号24番
七草　柔

俺《おれ》の家は父と母と俺、それに犬のシロの4人家族で、シロの散歩は俺の役目だった。散歩道の途中にペットショップがあり、シロはある日、その店のグレートピレニーズ犬にロックオンしてしまった。生後1年のメスと書かれているので、人間だったら中学生くらいだろうか。シロのお嫁《よめ》さんにちょうどいい。でも、ピレニーズ犬は大きくなりすぎるのでうちで飼うのは無理だ。それにシロはただの雑種。血統書付きのこの犬は高嶺《たかね》の花だ。

「シロ、見るだけで我慢《がまん》しろ」

シロとふたりで中を覗《のぞ》いていると、店員と目が合った。体を覆《おお》い隠《かく》すような長いマントに帽子《ぼうし》とマスクといった、およそペットショップの店員には似つかわしくない格好《かっこう》をしている。ジロジロと俺とシロを見てくるので、シロを引きずってその場から離れた。

この日から、散歩の途中でペットショップに立ち寄るのが俺とシロの日課になった。店には客がそこそこに入っていて、ある日、店員が俺に話しかけてきた。しゃべってみるといい人で、シロに犬用のおやつをくれたりした。

「今、いくつ？　今まで大きな病気とかしたことある？」

「シロは今1歳《さい》です。いえ、いたって健康です」

「ふ〜ん」と店員はうなずきながら、メスのピレニーズ犬の方を見た。そこへ身なりの立派な客が入って来た。店員は客と一緒《いっしょ》に奥の部屋へと消えた。

ときどき店でこのような光景を見かけることがあった。ＶＩＰというやつだろうか？奥の部屋には特別なペットが売られているのかもしれない。

俺は覗いてみたくて仕方がなくなった。しかし、部屋へ続くドアはいつも閉まっていて、おまけに鍵《かぎ》がかかっていた。それがある日、少しだけ開いていたのだ。店員は接客中で忙しくしている。俺はそっと忍《しの》び込んだ。中はやけに薄暗かったが、やがて目が慣れてくると大型の檻《おり》が並んでいるのが見えた。近づくと、檻の隅《すみ》にうずくまっている黒い影《かげ》が顔をあげた。

猿《さる》⁉　いや、違う。猿によく似た何かだ。

そう、人間と動物を足して2で割ったような……。

「ダ・レ？」オウムのような声だった。その瞬間《しゅんかん》、上から鉄格子《てつごうし》が落ちてきて、俺は閉じ込められた。振《ふ》り返ると、いつの間にかドアのところに店員が立っていて、俺を見てニヤリと笑った。

それから、俺のペットショップ暮らしが始まった。この部屋には俺の他に人間があと3匹いて、残りの5匹は人間と犬や猫《ねこ》など、他の動物との交配種だ。店員には狼《おおかみ》の血が流れているし、この部屋で買い物をする客たちで生粋《きっすい》の人間なのは半数くらいだ。いったいいつから人間社会に彼《かれ》らのような存在が交じるようになったのだろうか。

買われた後の用途はそれぞれだが、せめて俺の飼い主や将来の相手が人間であることを祈《いの》るばかりだ。

ある日、血液検査をされた。病気の有無でも
調べるのだろうかと思ったら、数日後、俺の檻の前に
ネームタグが付けられた。
『人間とジャンバラヤンヤンの交配種。性別不明。14 歳《さい》』
ジャンバラヤンヤンってなんだよ !?
性別不明ってどういうことだよ !?
俺はお父さんとお母さんの子じゃないのかよ !?

SHOP
025

駅前のケータイショップ

出席番号25番
西尾　芽以

駅前に新しくケータイショップができた。今だけという超《ちょう》お得なキャンペーンをやっていて、つい契約《けいやく》してしまった。

そうしたらその日の夕方、知らない男からいきなり電話がかかってきて、「お前誰《だれ》だ!?」って言われた。速攻《そっこう》で「あんたこそ誰だよ」って言い返すと、そのまま無言で切られた。失礼なやつだ。

けど、同じ日の夜中にまた電話がかかってきた。眠《ねむ》い目をこすりながら取ると、カップルが会話している。これって、もしかして混線ってやつ？　ん？　でもかかってくるってなんか変じゃない？

それから毎日のように奇妙《きみょう》な混線電話がかかってくるようになった。最初はラブラブの2人だったけど、どうやら男の方が浮気《うわき》をしたみたいで喧嘩《けんか》が多くなってきた。

「もっと、やれやれ〜」

最初は迷惑《めいわく》だった混線電話が、今ではジュースとお菓子《かし》を用意して、電話が鳴るのを待つくらい楽しみになっていた。結局2人は別れてしまい、これでカップルのバトルを聞くこともできないのかと、残念に思っていると、次の日の夜中、またもや電話が鳴った。電話を取ると女がひとりで何か囁《ささや》いているのが聞こえてきた。

「ねぇ、聞いてたでしょ。聞いてたでしょ」女はそう言ってた。

その声はだんだんと大きくなっていき、最後は、

「聞いたでしょぉおおおおおおおおおおお」と、すごい叫びになった。

夜の窓ガラスに、血だらけの女が私の耳元で叫《さけ》んでいるのが映っていた。

驚《おどろ》いて電話を放り投げると、また電話が鳴った。恐る恐る取ってみると、以前かけてきた失礼な男だった。男の声で私は気づいた。男は女の別れた恋人だった。私の新しい電話番号は女の使っていた番号で、女は半年前、電車に飛び込んで自殺したと言う。

このことがきっかけで、私は男と付き合うようになった。けれど男と付き合うようになってから、私は男のある重大な秘密を知った。女は自殺したのではなく、男が殺したのだった。私は警察に走った。

人気のない山奥で女の遺体《いたい》が発見され、男は殺人容疑で逮捕《たいほ》された。男の罪を暴き、自分を見つけて欲しくて、女は、自分の番号を引き継《つ》いだ私にあの世から電話をかけてきていたのだった。

男が無期懲役《ちょうえき》の判決を言い渡《わた》された夜、女からまた電話がかかってきた。

「ありがとう」女は私に言った。

「こっちこそ、ありがとう」

私はそう返した。だって、もしかしたら私も女と同じように男に殺されていたかもしれないではないか。

これが、女からの最後の電話だった。

ではなく、それからもときどき女から電話がかかってきて、
私たちは夜中にガールズトークで盛り上がっている。
女は話し好きなのである。これを読んでるあなたも気をつけて。
あなたの電話番号の前の持ち主が、いい人だとは限らないから。

SHOP
026

高速道路のサービスエリアにあるガソリンスタンド

出席番号26番
沼野 颯

週末、家族でぶどう狩《が》りに行った。

高速道路を走っている最中、お父さんが首をかしげた。

「あれ～、ガソリンは満タンにしてたはずなんだけどなぁ。まさか漏《も》れてるわけじゃないだろうな」

点検と給油を兼《か》ねて、サービスエリアのガソリンスタンドに立ち寄った。ついでにご当地グルメの昼食も食べて、再び車に乗り込んだ。

しかし、その直後、なんと僕《ぼく》たちの車は後続車に追突《ついとつ》される事故に遭《あ》ってしまった。幸いあまりスピードが出ていなかったので、奇跡《きせき》的に大事故にはならなかったけど、今でも思い出すと背筋が凍《こお》る。

その後、警察で事故を検証するために、車に設置されたドライブレコーダーを見ることになった。そこで僕らは驚《おどろ》くべきものを目にした。

映っていたのは、高速道路を全力疾走《しっそう》する男の姿だった。ものすごい速さで、それは僕らの車に迫《せま》る勢いだった。筋肉隆々《りゅうりゅう》の男で腰《こし》に白い布を巻いている。血走った目は異様に大きく、なんと足は靴《くつ》を履《は》いていなくて裸足《はだし》だった。

僕らの車があまりスピードを出していなかったと言っても、時速80キロくらいは出ていた。トップアスリートでも時速30～40キロくらいだという。明らかに普通《ふつう》の人間ではない。

僕らの車がガソリンスタンドを出ると、男は給油機の陰《かげ》から飛び出し、追いかけてきたのだった。僕らに追突した車は、この男の姿に驚いて事故を起こしてしまったのだ。

警察は男にも話を聞く必要があると言って、男がどこへ行ったのか調べるためそのまま映像を見続けた。すると男は事故で止まった僕らの車のトランクに隠《かく》れたのだった。

緊張しながらトランクを開けると、中から男が飛び出してきた。皆《みな》が見守る中、男はすごい勢いでまたどこかへ駆《か》けて行った。男が駆けて行った方向で、その日、僕らと同じような追突事故が起きた。

トランクの中をよく見ると、謎の文字が書かれた1枚の紙片が落ちていた。調べてみるとギリシャ語で、『俺《おれ》の前を走る者は許さん by レオニダス』という意味だった。

ネットで調べてみると、どうやら男はロドス島のレオニダスといって、古代ギリシャの陸上選手だったようだ。古代オリンピックで4大会連続3冠《かん》という偉業《いぎょう》を成し遂《と》げた人物で、この記録は現在でも破られていないらしい。

死んだ後も、走者としての男の魂《たましい》は生き続けていたのだ。人類最速の栄冠を手に入れた男の敵はもはや人ではない。いや、男には最初から人も動物もそれ以外の物も関係ないのかもしれない。男の瞳《ひとみ》に映るものは〝スピード〟。ただ、それだけなのかもしれない。

それにしても男は知らないのだろうか？ 自分自身が、今は魂という光であり、それはこの宇宙最速の存在であることを。

それからしばらくして、世界中を驚かせる
世紀の大発見があった。
人々の注目が集まる中、科学者は発表した。
『光よりも速い存在を発見しました。そして私たちはその存在を
こう名づけました。" レオニダス "』
僕は、どこかであの男がドヤ顔でこの放送を
見ているような気がしてならなかった。

SHOP 027

恐怖《きょうふ》のカラオケ店

出席番号27番
濡木　ひばり

クラスメイトたち6人でカラオケに来た。5人はよく一緒《いっしょ》に来てるみたいだけど、あたしはみんなとは初めてで、めっちゃ楽しみだ。それにあたし、歌にはちょっと自信あるんだよね。

とりあえず、フードをめっちゃオーダーして、ドリンクバーに飲み物を取りに行った。その後、あたしはひとりでトイレに行ったんだ。

用を済ませた後、部屋に戻《もど》ろうとしたんだけど、広い館内でめっちゃ迷子になっちゃったの。館内をぐるぐるして、やっとここかな？　と思った部屋のドアを開けて中に入ると、なんかめっちゃ暗くてみんなの顔が全然見えないの。でも、「おかえり～」って声がしたので、間違ってなかったみたい。

すぐに「ジャジャジャジャジャーン」って曲が流れ出し、誰かが歌い始めたんだけど、それがなんと、演歌なの！　それもめっちゃこぶしがきいてて、めっちゃ上手いの。採点結果はなんと98点。女子の声だったけど歌声と普段《ふだん》しゃべってる時の声って違うから、誰《だれ》だか分かんなかった。演歌の後にかかったのはなんと軍歌で、これも高得点の97点。どうやら、バトル形式でやってるみたいで、みんなめっちゃ燃えてんの。

途中で店員が運んできたフードは、漬物《つけもの》と煮物と湯豆腐《どうふ》。めっちゃ渋《しぶ》いチョイス。このメンバーってこんなだったん？　って思いながらも、あたしの番になって、あたしは唯一《ゆいいつ》知ってる古い歌を入れたんだよね。そしてなんと１００点満点を叩《たた》き出し、見事カラオケバトルで優勝しちゃった。

喉《のど》が渇《かわ》いて、飲み物を取りに部屋を出たんだけど、戻《もど》ったら部屋が普通に明るいの。んでもって、みんなあたしを見るなり、「もうひばり遅かったじゃ〜ん。ずっとどこ行ってたの？」って聞いてくるから、「どこって、みんなとカラオケバトルやってたじゃん」って答えると、みんなめっちゃ変な顔をして、バトルなんかしてないって言うの。部屋にかかってるのは最近の流行《はや》りの歌で、テーブルの上にはピザとか唐揚《からあ》げが載ってる。

え、もしかして、あたしめっちゃ怖《こわ》い体験しちゃった感じ？

今思えば、最初に言われた「おかえり〜」って声、みんなの声じゃなかったような。

後から分かったことだけど、カラオケの入ってるそのビルは、昔火災にあったらしくて、あの部屋にいたのはその時の火事で亡くなった人たちの幽霊《ゆうれい》だったのかもしれない。

あたしが迷い込んだ部屋は、誰もいないのに演歌とか軍歌が聞こえてくるって、店員たちがめっちゃ怖がって、誰も近寄らない部屋だったの。

でね、それだけじゃなくて、その部屋ではこれまでに何人かの客の変死体が見つかったことがあるんだって。その人たちは、みんな額に大きくバツって書かれてたらしい。

あたし思うんだ。もしあたしがカラオケバトルで負けてたら、あたしも死んじゃってたかもしんないって。あの時のバトルはただの歌のバトルじゃなくて、命をかけたバトルだったんだよ。

あ、そうそう。あたしがそん時《とき》、歌った曲のタイトルはね、
『うらみ・ます』だよ。

SHOP 028

追いかけてくる、にゃんにゃんパン

出席番号28番
根津 宙《ちゅう》

のどかな秋の日曜の午後。『ねこふんじゃった』のメルヘンな音楽が町中に響《ひび》き渡《わた》る。

「今日もみんなの町ににゃんにゃんパンがやってきたにゃん！　おなかにはクリームがいっぱいだにゃん！　とってもとっても美味《おい》しいにゃん！」

猫《ねこ》の姿にペイントされたワゴン車が道に停車すると、近くの家から、わらわらと小さな子どもと母親たちが出てきた。俺《おれ》は、前からこのクソふざけたパン屋が気に食わなかったが、小腹が空いていたので1つ試しに買ってみることにした。

子ねこパンと謳《うた》っているだけあってパンは小ぶりで、しかし値段は350円とクソ高かった。かろうじて猫の形はしているものの、目がデカ過ぎで歪《ゆが》んだ口元が不気味な化け猫みたいなパンだった。ひとくち齧《かじ》ってみると、パン生地はパサパサで、クリームはクソ甘ったるくて人工的な香料の匂《にお》いがむせそうなほどだった。

「なんだこのバチクソまずいパン。ぜんぜん可愛くねぇし、地獄《じごく》のゾンビ猫パンかよ」

その時、ギラッと何かに睨《にら》まれたような気がして辺りを見回してみたが、そこにはにゃんにゃんパンが停《と》まっているだけだった。

次の日の学校の帰り道、駅前ににゃんにゃんパンが停まっていた。

その次の日は雨なのに、家の近くの公園でにゃんにゃんパンが店を出していた。またその次の日は、神社の秋祭りにいた。俺が行く先々に、いつもにゃんにゃんパンがいる。学校が休みで一日中どこへも出かけなかった日、俺の家の前ににゃんにゃんパンが停まっているのを見た時は驚《おどろ》いた。

その日、俺は家の手伝いで遠くまで出かけ、帰りがクソ遅くなってしまっていた。暗い夜道を歩いていると、視線を感じた。振《ふ》り返ると、にゃんにゃんパンがいた。夜なのにヘッドライトもつけず、闇《やみ》に紛《まぎ》れるようにしてひっそりと停まっている。さすがに怖《こわ》くなった。俺が早足で歩き出すと、にゃんにゃんパンがゆっくりとライトを消したまま追いかけてくる。冷たい汗《あせ》が背中に流れた。俺は走った。するとにゃんにゃんパンもスピードを上げた。間違いない。にゃんにゃんパンは俺を狙《ねら》っているのだ。俺は立ち止まると振り返り、運転席を睨みながら叫《さけ》んだ。

「クソ！　俺に何の用だ！」

その時、俺の後ろから別の車が走って来て停まった。ヘッドライトがにゃんにゃんパンを照らし出す。運転席には誰《だれ》も乗っていなかった。

「ちゅー！」俺は声にならない悲鳴を上げた。

背後に停まっている車に助けを求めようと振り返ると、なんとその車もにゃんにゃんパンだった。それだけじゃない、左右の道にもにゃんにゃんパンが、その後ろにもずらりとにゃんにゃんパンがいる。

俺はいつの間にかたくさんのにゃんにゃんパンに囲まれていた。

文字通り、俺は袋のネズミだった。
でも、ここで俺が死ぬ訳にはいかない。
俺がいなくなったら誰が家業のちゅーちゅー団子《だんご》を継《つ》ぐんだ！
その瞬間《しゅんかん》、風を切る鋭《するど》い猫の爪《つめ》のようなものが見えた。
皮膚《ひふ》が裂け、鮮血《せんけつ》を飛び散らせながら俺は地面に倒《たお》れた。
夜の町に『ねこふんじゃった』のメルヘンな音楽が
不気味に響き渡っていた。

SHOP
029

私だけの香りを作ってくれるアロマショップ

出席番号29番
野池　香織

もしかしたら、私、臭《くさ》いかも知んない。

さっきバスの中で近くにいた子どもが鼻を摘《つ》まんで、「くさぁ～い」って私の方を見て言ったの。やだ、やだ、やだ。もしそうだったらどうしよう？　隣《となり》の席の羽木君に臭い女だと思われたら死んだ方がマシ。

そんなことを思いながら歩いていたら、1軒《けん》のアロマショップを見つけた。なんだか運命を感じて入ってみたら、オリジナルの香りを自分で作れる店だったの。

アロマにはそれぞれの効果効能があって、引き寄せるものも違うらしい。店に一覧表があったから、私はそれを見ながら香りを作ってみた。

「やっぱりロマンスは欲しいからローズは絶対でしょ、魅力《みりょく》を高めるジャスミンも必須よね。なになに？　金運アップにはレモンですと？　どうしよう、これで羽木君に告白されちゃったりして」

そうして私だけのオリジナルアロマが完成した。もう誰《だれ》にも私のことを臭いだなんて言わせない。私はこの香りで富も美貌《びぼう》もロマンスも、全てを手にいれるのよ！

ところが、そのアロマをつけるようになってから、私はロマンスどころか怪奇《かいき》現象に悩まされるようになってしまったの。夜は毎晩のように金縛《かなしば》りにあい、目を開けると胸の上に知らないお爺《じい》さんが乗ってるし、耳元で四六時中女の人が「痛〜い、痛〜い」って泣いているの。ちなみに夜のお爺さんは、昼間は私の背中に子泣き爺《じじい》みたいにしてくっついてる。おかげで、私は1週間で3キロも痩《や》せてしまった。痩せたけど、体はめっちゃ重いの。

なぜなら背中のお爺さんが最近2人に増えたから。

私は、霊感《れいかん》のある友だちに泣きついた。

「あんたのつけてる香り、霊が大好きな香りだもん。そりゃ寄ってくるよ」

なんと私は幽霊《ゆうれい》を引き寄せるアロマを偶然《ぐうぜん》作ってしまったみたいなの。欲張ってあれこれ混ぜ過ぎたのがいけなかったのかな。すぐにアロマをつけるのを止めてお風呂で体を洗ってみたけど、どうやら皮膚《ひふ》に香りが染み込んじゃったみたいだった。

「幽霊を撃退したかったら、幽霊が嫌いな香りをつければいいんじゃない？」

友だちにそう言われて、私はすぐにアロマショップに走った。でも、幽霊が嫌いな香りっていったいどんな香りよ？　とりあえず、この前作ったアロマとは反対の香りがするアロマを作ってみたの。

すると、なんということでしょう！　耳元の女の人の声と、背中の子泣き爺2匹がすう〜っと消えたの。けどその直後、バンバンバン！　って、店の窓ガラスをすごい勢いで叩《たた》くたくさんの手が見えたの。

窓の外を見てみると、いなくなったと思った幽霊たちが、ゾンビみたいに店の前に群がってた。その姿は幽霊とは思えないほど鮮明《せんめい》で、まるで生きているみたいだった。

それもそのはず。なんと私が新しく作ったアロマは、
「死者を蘇《よみがえ》らせる」香りだったの。
こんなことになるんだったら、臭い女の方がマシだった。

SHOP 030

面白いメニューのある定食屋

出席番号30番
羽木　花道

バスケ部のレギュラーに漏《も》れた。漫画《まんが》の影響《えいきょう》で入った部活だったが、現実は漫画のようにはいかない。俺《おれ》は全てにおいて平凡《へいぼん》だった。

「畜生《ちくしょう》。身長があと10センチ高かったら。いや、俺があと10センチ高く跳べたら」

そんなことを思いながら歩いていると、どこからともなくいい匂《にお》いがしてきた。見ると、一軒の定食屋があった。腹が減っては戦《いくさ》はできぬ。暖簾《のれん》をくぐって入ってみると、壁《かべ》にずらりと定食名が書かれた紙が貼《は》られていた。

『健康第一定食』『マッチョ定食』『愛妻《あいさい》定食』この辺はなんとなくどんな料理が出てくるか分かるが、『世渡《よわた》り上手定食』『喧嘩《けんか》上等定食』なんてのもあって、想像力を掻《か》き立てられる。壁の隅《すみ》っこに小さな文字で〈注意書き〉と書かれた紙が貼ってあった。『当店の定食は、人によって〇〇というアレルギーが出ることもあります』

〇〇のところが破れていて、何て書いてあるのか分からない。

俺は『マッチョ定食』を注文してみた。もっと高く跳ぶには筋肉が必要だ。

予想した通り、肉、肉、肉、の定食が出てきた。味はこれといって何の特徴《とくちょう》もない、どこにでもあるような味の料理だった。

でも、次の朝起きて驚《おどろ》いた。鏡に映っていたのは、パジャマのボタンが今にも弾《はじ》け飛びそうなほど筋肉ムキムキの俺だった。けれど、スリムな男が好きな彼女《かのじょ》に振《ふ》られてしまった。しかもジャンプ力は手に入れたが、どうしたことか、まるでゴールが決まらない。

俺はこの日も定食屋に行ってみた。すると、定食名が書かれた紙が増えていて、その中に『狙《ねら》い撃ち定食』というのがあった。早速《さっそく》注文してみた。

それから、ゴールが決まるようになったのはいいが、ファウルでペナルティをもらうことが増えた。

その後も、俺は定食屋でいろんなメニューを食べて、その度《たび》に能力アップしていったのだが、ここぞというところでチャンスを逃《のが》し、結局レギュラーにはなれなかった。

あと最近、なんだかツイてない。やたら怪我《けが》が増えたし、この前なんて電車で痴漢《ちかん》に間違われそうになった。危うく俺の人生終わるところだった。

その日、定食屋に行ってみると〈注意書き〉の紙が新しくなっていて、そこにはこう書かれていた。

『当店の定食は、人によって運に見放されるというアレルギーが出ることもあります』

その時、暴走したトラックが店に突《つ》っ込んできた。

俺は一命は取り留めたものの、寝たきりで自分では何もできない体になってしまった。

言葉も上手く話せず、食事も、トイレも人の助けがないとままならない。

こんなことになるなら、元の俺でよかった。

大事故だったのにもかかわらず、定食屋は奇跡《きせき》的に被害《ひがい》が少なく、その強運さは、まるで客の運を吸い取っているかのように思えた。

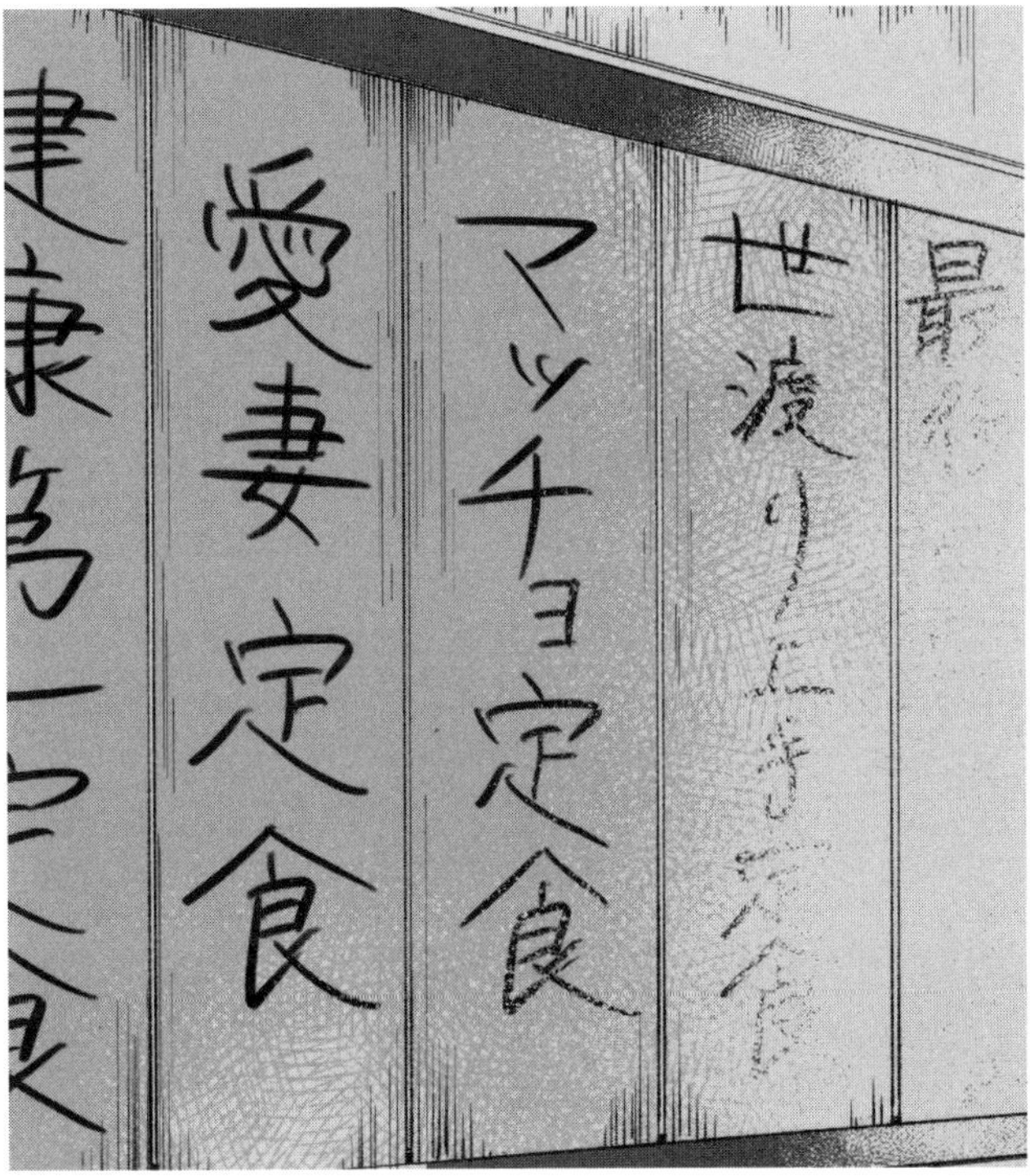

母が部屋に食事を運んできた。
「花道が好きだった定食屋の料理をデリバリーしてもらったわよ。今日は『最後の晩餐《ばんさん》定食』にしてみたわよ」
「うー、あー」俺はうめいた。
その口に、母が料理を押《お》し込む。

SHOP 031

ヘブンリーフラワーズ

出席番号31番
雛菊　華

　ある日突然《とつぜん》、私に菊の花束が贈《おく》られてきた。

　送り状には『ヘブンリーフラワーズ』という、聞いたことのない花屋の名前が書かれていた。まったく心当たりはないが、もしかすると、私のことを密かに好きな誰《だれ》かからかもしれない。しかし、花は枯《か》れかけていてなんだか線香臭《くさ》い。これじゃまるでお供物《くもつ》の花だ。

　それから数日後、またもや枯れかけの花束が届いた。送り状に住所と電話番号が書かれていたので電話してみると、数回の呼び出し音の後に繋《つな》がった。

「南無阿弥陀仏《なむあみだぶつ》。南無阿弥陀仏。ブチッ」

　なんと聞こえてきたのはお経だった。その上、一方的に電話を切られてしまった。もしやこれは、密かに私のことが好きな誰かではなく、密かに私のことを恨《うら》んでいる誰かかもしれない。でも、こんなことで怖《こわ》がるような私ではない。目には目を、歯には歯をだ。私は花束のお礼を装ってお線香を贈った。また、同封したカードにこう書いた。

『お線香と一緒《いっしょ》に、永遠の眠《ねむ》りをお楽しみください！』

すると、今度は今までで一番大きな菊の花束と、なんと果物や和菓子《わがし》まで届いた。やはり花は枯れかけで、果物は腐《くさ》りかけ、和菓子にはカビが生えていた。

こうなったら直接対決だ。私は送り状に書かれた住所に行ってみることにした。

その場所に近づくにつれ、私は前にここに来たことがあることを思い出した。

私が辿《たど》り着いたのは、お寺の裏手にある墓地だった。お寺はやはり私が以前、『誰でもできる坐禅《ざぜん》体験』で来たところだった。ちょうど住職さんがいたので、花束の話をすると、最近墓地でお供《そな》えの花が盗《ぬす》まれる事件が多発していると言う。そして、なんと住職さんは花泥棒《どろぼう》の犯人を知っていた。

花泥棒はこの墓地に眠る少年だった。彼《かれ》は坐禅体験でお寺に来た私を見て、一目惚《ぼ》れしてしまったのだ。住職さんは少年の写真を私に見せてくれた。

ズキューン。その瞬間《しゅんかん》、私は彼の笑顔に心を撃ち抜《ぬ》かれてしまった。彼は私のド・ストライクの男の子で、私は一瞬で彼に恋してしまった。けれど彼はすでにあの世の住人。それに、せっかく供えた花を盗まれた人たちにも申し訳ない。私は彼の墓の前で、私が死んだら必ずお付き合いすると約束し、なんなら結婚《けっこん》してもいいとも伝え、その代わりこれ以上墓の花を盗まないようにとお願いした。

それから、ぱったりと花束が贈られて来ることはなくなり、代わりに私が彼の命日に花をお供えするようになった。けど、私の誕生日や、ときどき思い出したように枯れかけの菊の花束が贈られてきて、私の心はほっこりするのだった。

月日は流れ、私もすっかりいい年をしたおばあちゃんになった。子どもたちは立派に成長し、あとは自分が死ぬのを待つだけだ。夫にはずっと内緒《ないしょ》にしているが、私は初恋の彼のことを忘れてはいなかった。

もうすぐ彼と会える。そう思うと嬉《うれ》しくて仕方がなかった。

そして、私は85歳《さい》で天寿《てんじゅ》をまっとうし、
あの世で念願の彼と結婚した。
しかし、それから数年後。残した夫が死んで
こちらの世界にやって来た。
天国が修羅場《しゅらば》と化したのは言うまでもない。

SHOP
032

軍隊わんこ蕎麦《そば》

出席番号32番
布川　マイケル

日本に行ったら絶対にやりたいことがあった。

それは、わんこ蕎麦を食べることだ。

ミーの周りのアメリカ人は、みんな日本食といったらスシ、天ぷら、ラーメンだけど、ミーは断然蕎麦だ。その中でもわんこ蕎麦は、日本のトラディショナルとエンターテインメントがミックスした、最高にファンタスティックな食べ物だと思っている。着物姿の店員さんに「はい、じゃんじゃん」とか「はい、どんどん」とか応援してもらいながら、お椀《わん》に入れられた一口分の蕎麦を、客はひたすら食べ続ける。

この秋、ミーは家族と一緒《いっしょ》に盛岡に旅行し、ついに念願のわんこ蕎麦を食べることになった。バット、オーマイガー。ミー以外の家族は全員スシが食べたいと言って、隣《となり》の寿司屋に入ってしまった。

わんこ蕎麦屋の客席は半分ほど埋《う》まっていて、ミーは注文を済ませると、他の客と一緒に蕎麦が来るのを待った。しばらくして店の奥から現れたのは、迷彩服《めいさい》に身を包んだ大男たちだった。足並みをそろえて行進する姿は、まるで軍隊のようだった。

「かまえ!」店員の号令と同時に、客たちがいっせいに箸《はし》とお椀を持つ。慌《あわ》ててミーもそれにならったが、オーマイガー、なんと箸とお椀が鉄製でずっしりと重いのだ。

「食らえ! 蕎麦を啜《すす》れ! 速攻《そっこう》で空にしろ!」ミーのお椀に蕎麦が投げ込まれる。ミーは蕎麦を飲み込むようにして食べたが、「遅い! 蕎麦が笑ってるぞ!」と、怒鳴《どな》られた。わんこ蕎麦ってこんなんだっけ? と思いながらも、店員が怖《こわ》いのでミーはひたすら蕎麦を食べ続けた。

バット、オーマイガー。お腹がいっぱいになってきたよ。箸とお椀が重くて腕も痛い。でも少しでも食べるペースが遅くなると、店員の怒声が飛んでくる。

突然《とつぜん》、隣の客がテーブルの上に突《つ》っ伏《ぷ》した。

「もう食べられません！」客は泣きながら訴《うった》えた。すると店員は、男性を引きずって隣の部屋へと連れて行った。襖《ふすま》の向こうから、客の叫《さけ》び声と、ドンッ、ゴンッ、ビタンッというすごい物音が聞こえてきた。オーマイガーーーー。ミーは恐怖に震《ふる》え上がった。

「おまえも隣の部屋に行きたいか？」耳元で低く囁《ささや》かれた。ミーはぶるぶると頭を横に振《ふ》った。「食え！　サムライ魂《だましい》を見せてみろ！」ミーのお椀に蕎麦が投げ込まれる。「イエス！　サー！」思わずミーは叫んでいた。

斜め前の客がいきなり吐《は》いた。それを見て、他の客たちもつられて吐く。吐いた客も隣の部屋へと連行され、叫び声が響《ひび》き渡《わた》る。店内は阿鼻叫喚《あびきょうかん》のゲロ地獄《じごく》と化した。

「ゲロで負けるな！　蕎麦で勝て！」店員の叱咤《しった》が飛ぶ。まさに恐怖のわんこ蕎麦。早く脱走……いやこの店から出たくて、なんとかミーは最後まで蕎麦を食べ切った。店を出る時、店員と他の客が出口にずらりと整列しており、笑顔でミーにこう言った。

「軍隊わんこ蕎麦をお楽しみいただけましたでしょうか？」

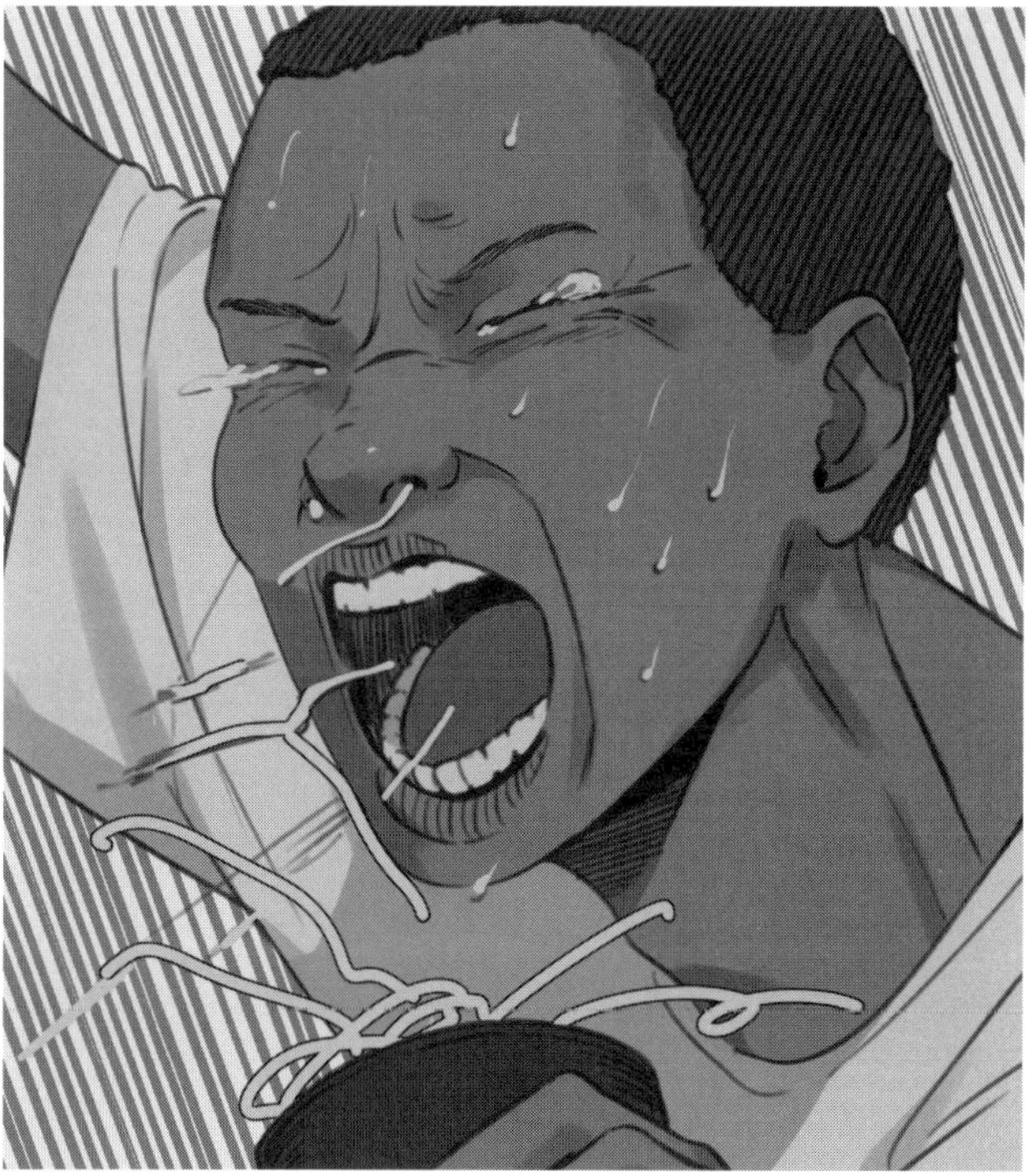

すべてはエンターテインメントだったのだ。
バット、ミーはもうわんこ蕎麦は懲《こ》り懲《ご》りだ。
店を出て家族の入った隣の寿司屋を見ると、
看板に小さくこう書かれていた。
『根性寿司《ずし》』
オーマイガー。

SHOP 033

評判の占《うらな》い師

出席番号33番
蛇谷　美恵

あたしは鏡の前でため息をついた。

あ〜、あたしマジで馬鹿じゃん。なんで本当はAカップなのにDカップのブラなんか買っちゃってんだよ。がばがばじゃん。結局ネットで買い直したんで、今月金欠じゃん。

なのに、友だちがすっごい当たる占い師がいるから行こうと誘《さそ》ってきた。それが30分1万もすんの。その子ん家《ち》は金持ちだからいいけど、うちは普通《ふつう》のサラリーマンだから占いで1万はきついよ。でも、お金ないから行けないとか言うの恥《は》ずいじゃん。だから、親に頼み込んでお年玉、前借りしちゃったよ。

占い師は恰幅《かっぷく》のいいおやじで、なんかたぬきの置物みたいだった。

「僕《ぼく》は占い師ではなく、霊媒師《れいばいし》です」

なんて言うし、なんか憑依《ひょうい》させるのも死んだ人じゃなくて、未来の自分とか言うじゃん。

めっちゃ胡散臭《うさんくさ》いんですけど。けどさ、そのたぬき、あたしが買ったDカップブラのことを見事言い当てたんだよ。もう信じるっきゃないじゃん。

たぬきはぶつぶつなんか呟《つぶや》いたかと思ったら、がくっと頭を垂れて、それからいきなしがばっと顔あげて、あたしを見て言ったんだ。

「やばっ。14歳《さい》のあたし、めっちゃ若いじゃん」

やばっ。このしゃべり方、めっちゃあたしじゃん。

現れたのは24歳のあたしだった。なんと10年後のあたしは株で大儲《もう》けしてて、投資コンサルタントとして大活躍《かつやく》。ノウハウ本なんかも執筆《しっぴつ》しちゃってて、そんでもってファッションデザイナーとして自分のブランドまで持っちゃってたの。もうびっくりだよ。このあたしがだよ？　けど未来のあたしが言うんだから間違いないじゃん。

それからあたしは投資について猛《もう》勉強して、高校も被服《ひふく》科のあるところを受験することにしたんだ。

そして今、あたしは宝くじ売り場に並んでる。20歳の時にあたしは宝くじを当てて、そのお金を元手に投資を始めることになってんの。もちろん、売り場と時間もバッチリ教えてもらったよ。けど、なんとあたしの数人前で宝くじが売り切れちゃったんだ。そしたら大きな紙袋を持って、コソコソ売り場から立ち去ろうとしてる霊媒師の姿を見つけたんだ。

あたしはピンときたね。

「おい！　待てこのたぬき！　あたしのくじを返せ！」

「ついお金に目が眩《くら》んでしまって」

霊媒師は土下座して謝ったけど、あたしは気がおさまらなくて、殴《なぐ》る蹴《け》るをしてたら、なんと警察に捕《つか》まっちゃったよ。そんでもって、そこからあたしの人生は転がり落ちちゃってさ、投資コンサルタントどころか、家もないし、財布の中身も寒すぎて毎日凍死《とうし》しそうだよ。

みんな、占いなんてあてにしちゃダメだかんね。やっぱ信じるのは自分じゃん。

そしてあたしは24歳になった。
ある日、段ボールの家で寝てたら、
なんと幽体《ゆうたい》離脱《りだつ》しちゃったよ。
そしたら14歳のあたしが目の前にいるじゃん。
将来のあたしがどんなふうになってるか聞いてくるから、
あたし、自分に大見栄張っちゃったよ。
株で大儲けして、ノウハウ本なんかも……（以下省略）。

SHOP 034

田舎《いなか》の大型ショッピングセンター

出席番号34番 北条 幸

家族で遠出をした帰り道、妹がトイレに行きたがったので、ショッピングセンターに立ち寄った。それは、過疎《かそ》化が進み限界集落とも言えるこの地域には、ふさわしくない大きさだった。

しかし、駐車場がいっぱいなところを見ると、遠方からの客が多いのかもしれない。

『ようこそ、さびれ村へ！』と書かれたゲートをくぐって店に入る。すると入った瞬間《しゅんかん》に頭上でくす玉が割れ、紙吹雪《ふぶき》と共に垂れ幕が降りてきた。

『おめでとうございます！　あなたは100組目のお客様です！』

店内にいた客たちが一斉《いっせい》に僕《ぼく》ら家族の方を見て拍手喝采《はくしゅかっさい》し、店員は、目に涙《なみだ》まで浮《う》かべて喜んでいる。母が店員にトイレはどこか尋《たず》ねると、うやうやしく案内され、他の客まで一緒《いっしょ》についてくる。母と妹がトイレに行っている間に、僕と父はセンター内を見て回った。

さすがは田舎のショッピングセンターだ。食料品から衣類に家具と、生活用品全てが揃《そろ》っている。エステにスポーツジム、ペットショップに歯科医院まで入っていた。なるほど、遠方から客が来るわけだ。

しかし、少し気になったことがあった。寝具店で勝手に寝ている人がいたり、食料品店では、レジを通さずにそのままお菓子《かし》の袋を開けて食べている客がいたりするのだ。それを見ても店員は注意をしようとしない。

そうして、母と妹と合流しいざ店を出ようとしたのだが、出口がどこだか分からない。店内はまるで巨大迷路のように複雑な作りになっていて、僕たち家族はセンター内をぐるぐるするだけで、いっこうに出口にたどり着けないのだ。店員や他の客に尋ねようとすると、みんな視線を逸《そ》らしてコソコソとどこかへ消えてしまう。おかしい。

そして、ついに夜になってしまった。すると店内の客たちはゾロゾロと寝具店に向かい、思い思いの場所で眠《ねむ》り始めた。僕ら家族もそれにならう。この時、僕の家族はみんな薄々と勘付《かんづ》き始めていた。しかし、誰《だれ》もそれを口にせず、騒《さわ》ぎも起こさなかった。なぜなら、ここにいる人たちが皆《みな》とても幸せそうだったからである。

翌朝、食料品店の食べ物を勝手に食べ、浴室のリフォーム展示場でお風呂にも入った。本屋で好きな本や漫画《まんが》を読み、音楽も聴きたい放題だ。体を動かしたくなったらジムに行くか、広い店内をジョギングすることもできる。

僕ら家族はすぐにここでの生活に馴染《なじ》んでいった。もしかしたら、外の世界よりここでの生活の方がずっと人間らしい暮らしができているかもしれない。母は毎日エステ三昧《ざんまい》で、妹はたくさんのペットを飼えて大喜びだ。産婦人科医だった父は、ここで開業することにした。

それから、20年が経った。僕は103組目に店にやってきた女の子と結婚《けっこん》し、今では2児のパパだ。僕の子どもたちは外の世界を知らない。ショッピングセンターはこの20年で発展し、今は映画館やスケートリンクまである。すごいだろ？

僕のここでの仕事は何かって？
ショッピングセンター全体の空調管理だ。
毎日、村長から渡《わた》される無臭《むしゅう》の物質を空気に混入させている。
その物質が何かは詳《くわ》しい内容は知らされていないし、
知ろうとも思わない。僕は今、とても幸せだ。

SHOP 035

地元の人から愛される鮮魚店

出席番号35番
八月　美沙

その日、学校が終わって家に帰ると、母からお遣《つか》いを頼《たの》まれました。夜に父の友人が来るということで、新鮮《しんせん》な魚を買ってきて欲しいと言われました。

私は商店街の鮮魚店〝魚辰《うおたつ》〟に行きました。母は、魚は魚辰でしか買いません。うちは家族全員が肉より魚派で、私も兄も、魚辰の魚で育ったと言っても過言ではありません。

店の前はたくさんのお客で賑《にぎ》わっていました。魚辰の魚はびっくりするほど安く、新鮮で、まるでさっきまで水中を泳いでいたかのように見えました。それもそのはずで、売られている魚はすべて魚辰の店主が今朝釣《つ》ってきたものらしいのです。すぐに調理できるようにすでに下処理がされているのも、この店が人気の理由の1つのようでした。

店主は50代くらいの前歯の欠けた男性で、客に魚の調理法についてアドバイスもしてくれます。魚辰はまさに地域密着型の、地元の人から愛されるお店でした。

私がどれにしようか迷っているうちにも、魚は次々と売れていきます。私は店主の〝本日のおすすめ〟の魚を買って帰りました。

その夜、父の友人と家族みんなで食卓《しょくたく》を囲みました。買ってきた魚は刺身《さしみ》にした後、残りは私の好きなフライにしてもらいました。

夕食を食べ始めて間もなく、父の友人が最近趣味《しゅみ》で釣りを始めたと話し始めました。初心者でもたくさん釣れる超《ちょう》穴場スポットを、知り合いの男性から教えてもらったそうですが、なぜかほとんど釣り人がいないということでした。ずっと不思議に思っていたら、その理由が分かったそうです。

「その釣り場の近くに工場があるんだってさ。どうやらその工場、有毒物質を違法《いほう》に垂《た》れ流していたらしくて、水が汚染されていたんだって。だからそこで魚を釣っても食べられないから、釣り人がいなかったんだよ」

私はその話を聞きながら魚のフライを齧《かじ》ると、ぷりぷりしていてとてもおいしかったので、3つも食べてしまいました。高校生の兄なんて5つです。

「穴場だと教えてくれた人に、そのこと教えてあげたのか？」

父は魚辰の刺身でビールを飲みながら、友人に尋《たず》ねます。

「それが、それ以来会ってなくてさ。けど、知り合いの釣り人が、この前その人を見かけたらしいんだけどさぁ」

男性は湖に設置された外来魚ボックスをあさっていたらしいのです。その湖は、最近奇《き》形《けい》魚が釣れると釣り人たちの間で噂《うわさ》の湖でした。

「あ、そうそう、その人この辺に住んでいるらしくて、確か魚屋の店主だと言っていたっけな、前歯の欠けた50代くらいの人で、確か店の名前は……」

店の名前を聞くまでもありませんでした。私はトイレに駆《か》け込むと、食べた魚のフライを全部吐《は》きました。

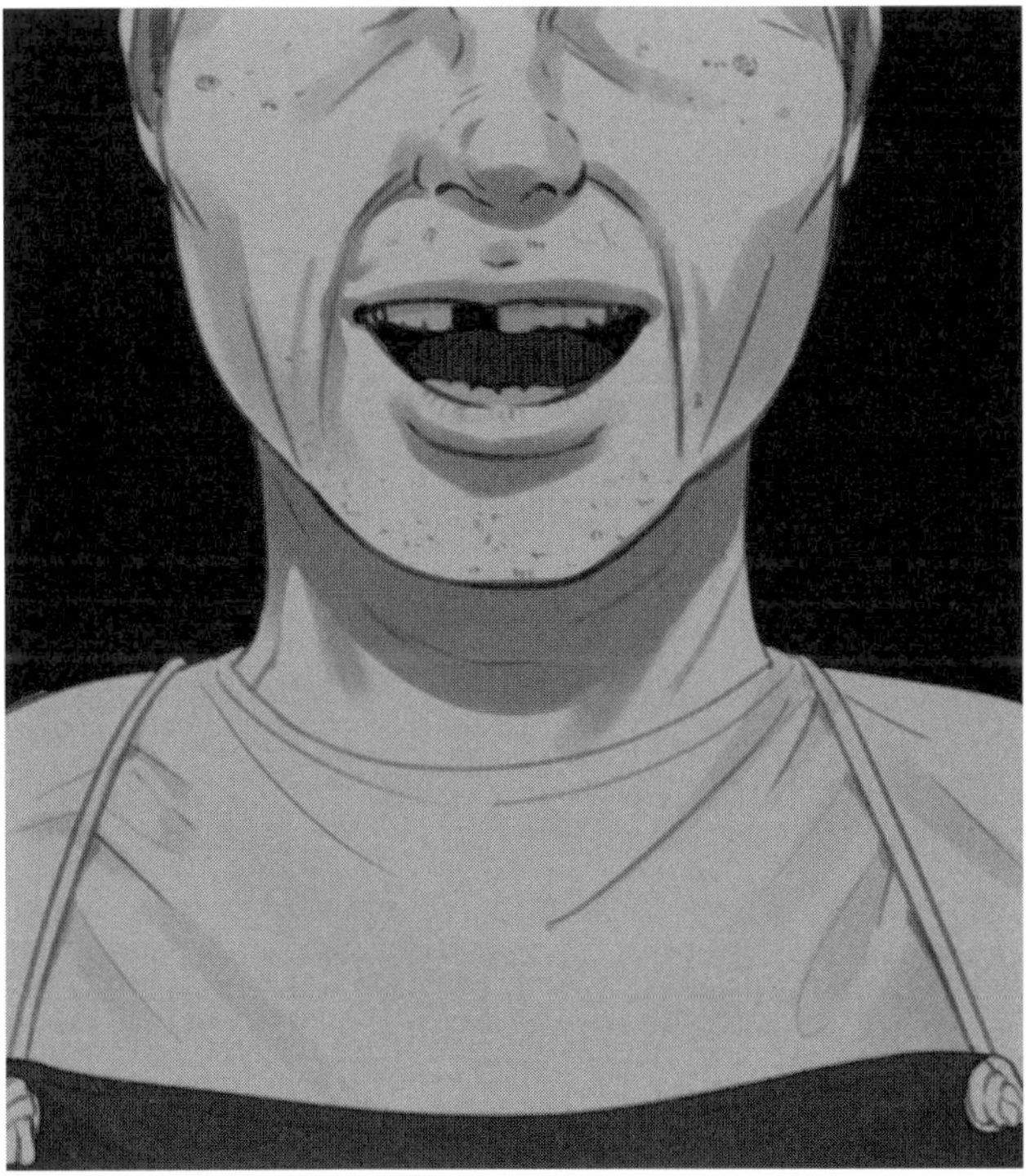

それから私の家族は、魚から肉派に変わりました。
しかし、しばらくして近所の精肉店が病気の動物の肉を売っているという噂を耳にしました。
今、私の家族は田舎《いなか》に引っ越し、自給自足の生活を送っています。

SHOP 036

灼熱《しゃくねつ》のサウナ

出席番号36番
柳川 格

今日、俺《おれ》は大人の階段を一段上る。

気合いを入れるために頭から冷水を浴び、腰《こし》に巻いたタオルを締《し》め直すと、いざ、出《しゅつ》陣《じん》だ。小窓がついた厚く重い扉《とびら》を開けると、いきなり暴力的な熱気の洗礼を受けた。まさにそこは灼熱地獄《じごく》。息が苦しい。しかし、進め俺！　大人の男になるのだ、俺！

中は洞窟《どうくつ》のように薄暗く、4、5人の大人の男たちが苦渋《くじゅう》の表情を浮《う》かべて座っていた。噂《うわさ》に聞いた通り、大きなテレビがあって、『古代エジプト王の呪《のろ》い』という番組をやっていた。俺もみんなにならい、苦渋の表情で空いた場所に腰をおろす。

しばらくすると、玉のような汗《あせ》が全身から噴《ふ》き出してきた。

なんだ、こうやってみるとたいしたことじゃないな。この前、友人がサウナに入ったことをみんなに自慢《じまん》していたが、これなら俺も全然余裕《よゆう》だ。

そうしているうちに、ひとり、またひとりと出ていき、サウナには俺ひとりになった。テレビでは古代エジプト王に扮《ふん》した役者が、ミイラに向かって不気味な呪文《じゅもん》を呟《つぶや》いている。汗が体を滝のように流れ落ちていく。さて、そろそろ出て水風呂に飛び込むか。喉《のど》も渇《かわ》いた。冷たい水を想像して、俺はごくりと喉を鳴らした。

出口に向かい扉を開けようとしたが、どうしたことか開かない。もう一度押《お》してみるが、やはり開かない。落ち着け俺。こんなことはよくあることだ。それにしても暑い。次は力任せに押してみるが、やはり開かない。だいぶ息苦しくなってきて、なんだか頭もくらくらしてきた。最後は体当たりをしてみた。しかし、扉は岩のように俺の前に立ちはだかり、びくともしなかった。

やばい！　サウナに閉じ込められた！　俺は扉を手で激しく叩《たた》きながら叫《さけ》んだ。

「誰《だれ》か！　助けて！」しかし、俺の目に飛び込んできたのは、あり得ない光景だった。

小窓の外に広がっていたのは、サハラ砂漠《さばく》のような広大な砂漠だった。俺は幻覚を見ているのだろうか？　その時、誰もいないと思っていたサウナの奥に、人影《ひとかげ》が見えた。

「大変です！　ドアが開かないんです」俺は駆《か》け寄って助けを求めた。

すると、その人がすっぽりと頭から被《かぶ》っていたタオルがはらりと床に落ちた。

俺の目の前に現れたのは、干からびたミイラだった。俺はパニックになって叫んだ。

「誰か！　誰か！　お母さーん！」突然《とつぜん》、扉がこちら側に向かって開いた。前をタオルで隠《かく》したお爺《じい》さんが、驚《おどろ》いた顔をして俺の方を見ている。俺は引かなければいけない扉を、必死に押していたのだ。しかし、今はそんなことはどうでもいい。

「ミ、ミイラが！」俺はサウナの奥を指差した。

しかし、そこには誰もいなかった。テレビの画面も真っ暗で、薄暗い洞窟のようなサウナが熱気とともに不気味な静寂《せいじゃく》に沈《しず》んでいた。

後日聞いたところによると、テレビは先週から
壊《こわ》れていて電源も入らなかったらしい。
サウナに入ったという友人に、思い切ってこの話をしてみた。
すると友人は言った。
「やっぱりお前も？」
どうやら、あれは誰もが通るサウナ初体験の
通過儀礼《ぎれい》のようなものらしい。
大人になるのはまだもう少し先でいい。そう思った俺だった。

SHOP 037

勝手に決められるファストフード店

出席番号37番 湯沢 駿

今、僕《ぼく》は人生の重大な決断を迫《せま》られているのだよ。

「照り焼きバーガーにするか、ダブルチーズバーガーにするか。ポテトにするか、チキンナゲットにするか。飲み物のサイズはMかLか」

人生を80年と考えると、一生のうちで人が食事を取る回数は約8万7600回である。その重要な1回が今なのであるよ。一緒《いっしょ》に来た友人は、隣《となり》の列ですでに決断の戦いに挑《いど》んでいる。そうしているうちにも、僕の順番がやってきた。

「いらっしゃいませ」0円のスマイルが眩《まぶ》しい。さぁ、最初はバーガーからか？ それともセット攻撃《こうげき》でくるか？

「高校は私立になさいますか？ それとも県立になさいますか？」

「ええっと、県立で」今日の僕の所持金では私立は無理であるのだよ。じゃない、バーガーじゃないのか？

「部活は運動系と文化系、どちらになさいますか？」

「文化系で！　あ、できれば天文学部でお願いします」僕は、運動は苦手である。じゃない、バーガーはいつ聞いてくれるのだ？

「青春は恋愛に燃えますか？　それとも友情に捧げますか？」

「れ、恋愛で……」僕は、友人の方をチラリと見ながら小声で答えた。その後も、大学に就職先、結婚《けっこん》相手から子どもの数まで、バーガーとはおよそ関係のない質問攻《ぜ》めにあったのであるよ。

「それではこの番号札を持ってお待ちくださいませ」

4番と書かれた札を渡《わた》され、僕はカウンターから離れた。すでに注文を終えた友人も、3番と書かれた札を持ち、困惑《こんわく》した顔で突《つ》っ立っている。

「なんなんだよ、この店」

「ああ、訳が分からないであるな」

しばらく待つと、友人の番号が呼ばれた。

「お待たせいたしました～3番のお客様。IT会社のプログラマー。34歳《さい》で結婚。子どもは1人。平凡《へいぼん》だけど幸せな人生。でございま～す」

トレイの上には光り輝《かがや》く不思議な物体が載っていて、〝運命〟という文字が浮《う》かび上がっていた。

それから20年後。友人の人生はその通りになったのであるよ。

そして僕はどうなったかというと？　あの後、すぐに僕の番号が呼ばれた。

「お待たせいたしました～4番のお客様。14歳で通り魔《ま》に刺《さ》されて死亡。でございま～す」

その時、僕の目に映ったのであるよ。刃物《はもの》を手にした男が血走った目をして、僕の方に走ってくるのを。

あの時、僕はいったいどんな答えを選択していたら
よかったのだろうか？
運命を決める質問。難しすぎるのであるよ。

SHOP
038

家の近所の古本屋

出席番号38番
渡辺　大雅

家の近所の古本屋で、僕《ぼく》はその本を見つけた。

狭《せま》く埃《ほこり》っぽい店の片隅《かたすみ》に、本はまるで僕を待っていたかのように思えた。

本の内容は、IQが140を超《こ》える天才殺人犯の主人公が、自分の奴隷《どれい》を作るのが目的で、次々と少年を誘拐《ゆうかい》するといったものだった。男は少年たちに、頭に穴を開けるロボトミー手術というものを繰《く》り返した。多くの少年たちは手術で命を落とし、生き残ったとしても、食事も排泄《はいせつ》も自分ではままならないような状態で放置され、やがて命を落とした。

まるで本当に犯人が書いたのではないかと思われる文章は、臨場感に溢《あふ》れ、1人1人の少年の手術の記録が詳細《しょうさい》に記されていた。

犯人の手記の形態で書かれたその本に、僕は夢中になった。

ある日、激しく抵抗《ていこう》する少年に、犯人は右手の人差し指を食いちぎられる。

読んでいて気持ちが悪くなり、途中で読むのをやめようかと思うこともあった。しかし、そのたびに「続きが読みたい」という激しい衝動《しょうどう》に駆《か》り立てられ、僕は再び古本屋に足を運ぶのだった。

本は辞書のように分厚く、値段を見ると、古本とはいえ中学生の僕には買えない金額だった。古本屋の店主は初老の男性で、僕が立ち読みしていることに気づいているようだったが、文句を言われることはなかった。レジの前の椅子《いす》に座って、うつらうつら居眠《いねむ》りをしていることも多かった。

僕は学校帰り、毎日のように古本屋に立ち寄り、少しずつ物語を読み進めていった。完全犯罪と思われた犯罪だったが、38人目の少年が犯人の隙《すき》をみて脱走し、ついに犯人は逮捕《たいほ》されることとなった。犯人に下された判決は、死刑《しけい》だった。

獄中《ごくちゅう》で、刑の執行《しっこう》をただ待つだけの犯人は、自分の犯した罪を手記にまとめることにした。そして、長い殺人の記録を書き終えたある寒い冬の朝、独房に犯人の姿はなかった。

物語はそこで終わっていた。

突然《とつぜん》、背後から誰《だれ》かに話しかけられた。

「どうだい、その本、面白かっただろう？」

振り返ると、いつの間にか店主が笑顔ですぐ後ろに立っていた。

「私の若い頃《ころ》の夢は作家になることでね、それは私が書いたものなんだよ」

そう言う店主の右手には、人差し指がなかった。

「そして君は、その本の38人目の読者だ」

店主の笑顔が薄ら笑いに変わる。

何が本当で何が作り話なのか、同じＩＱ１４０超えの僕は即座に察し、戦慄《せんりつ》が走った。

頼む！　どうか結末も、同じであってくれ。

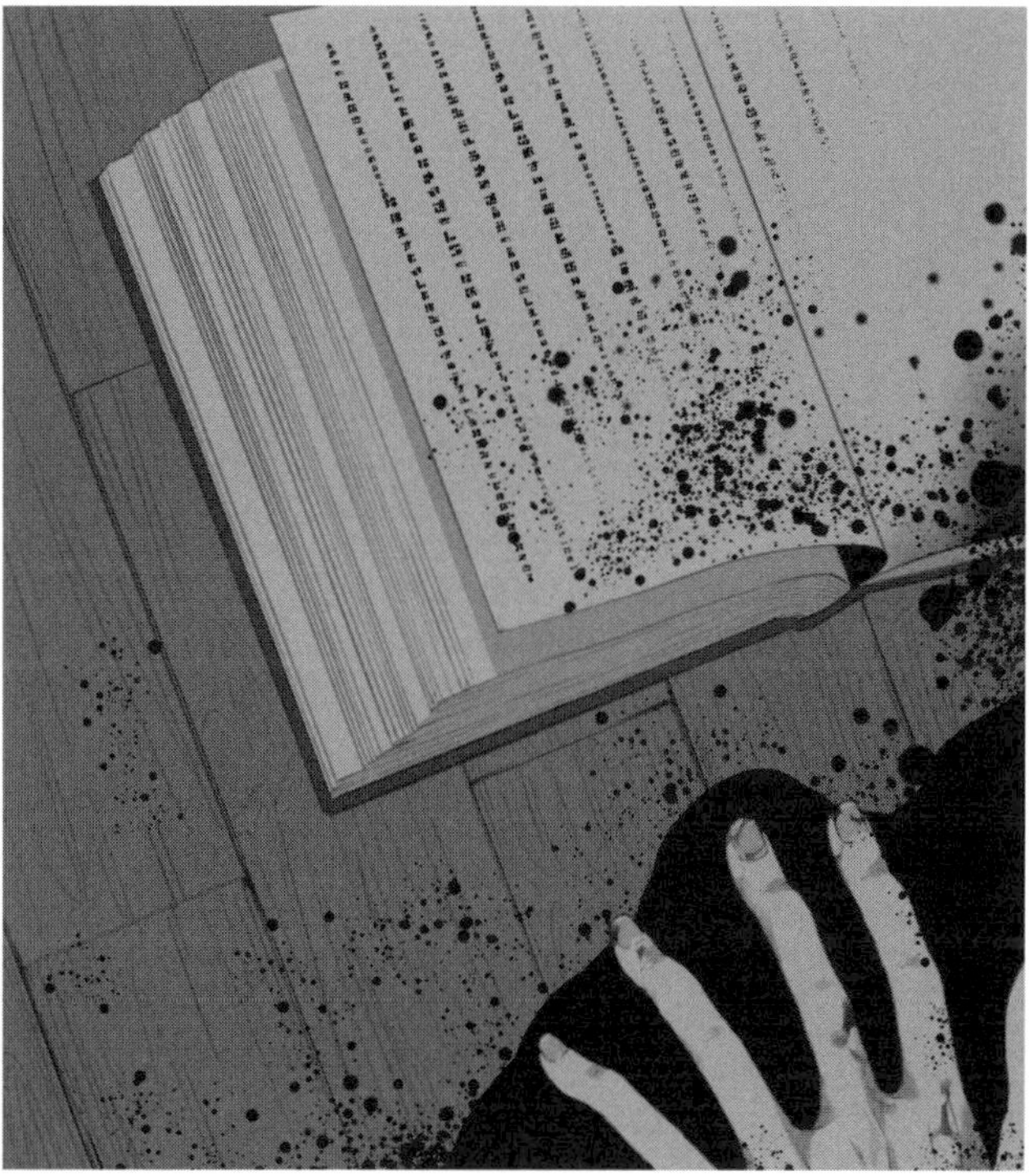

店主は奥の部屋から手を拭《ふ》きながら戻《もど》ってくると、
ペンを手に取り、原稿《げんこう》用紙に向かった。
「さて、ネタも溜《た》まってきたし、あの本の続編もそろそろ出版できそうだな」
その服には、赤黒い汚れがべったりとついていた。

冬の冷たい風が吹く中を、1台のバスが生徒たちを乗せて走っていた。

「影山先生は、どうしてうちの中学の先生になったんですかぁ？」生徒の1人が尋《たず》ねる。

怪我《けが》で入院した担任の代わりにクラスを引き継《つ》いだ影山は、先月転任してきたばかりだった。「それはだなぁ」影山が話し始めたその時、バスが突然《とつぜん》停車した。

エンジントラブルで修理が必要になり、バスを降りると辺り一面濃《こ》い霧《きり》に包まれていた。すると突然《とつぜん》不気味な風が吹《ふ》き抜《ぬ》け、その先にあるものが見えた。

それは、ゆっくりと風に揺《ゆ》れながら回る観覧車だった。

車内で1人になった影山は座席に腰を下ろし、窓の外を見つめる。そこには、霧の中を遊園地へ向かう生徒たちが見えていた。

「俺がこの中学に来た理由はなぁ、おまえたちを恐怖のどん底に突き落とすためだよ」

そう呟《つぶや》くと、影山の目は光を失い、頬《ほお》は冷たく固まっていった。

窓の外を見つめる蝋《ろう》人形の顔には、うっすらと不気味な笑みが浮かんでいた。

戦慄の【闇】体験

「怖い場所」超短編シリーズ
大好評発売中!

X　怖い場所_短編小説
(@kowa_basho)

TikTok　怖い場所_短編小説
(@kowabasho)

謎が解けると怖いある学校の話

260字の戦慄【闇】体験

『意味が分かると怖い話』シリーズ著者　著　藤白 圭

1話ごとに謎が仕掛けられた新感覚ホラーミステリー

私立宇良和色乃学園に入学した白井幸代は、
高校生活を送り始めた矢先、学内の2つの呪いにまつわる
奇妙な現象と、忌まわしい事件に巻き込まれていく……。
見開き1話ごとに、謎が仕掛けられ、読者はそのヒントとともに
物語を読み進めていく新感覚ホラーミステリー。全75話収録。

ISBN 978-4-391-16250-9　定価1,485円(本体1,350円+税10%)

破ると怖い海の6つのルール

繰り返す夏の戦慄【闇】体験

『カラダ探し』の著者が
渾身の書き下ろし!　著　ウェルザード

ある海辺の地域に言い伝えられる忌まわしい記憶

ある海辺の地域で、子どもの頃から教えられる6つの
「海のルール」。高校二年の夏の終わり、主人公はふと、
そのルールにまつわる幼い頃の記憶と、忌まわしい事件を
思い出していく……。ルールに隠された謎と、守らねば
ならない理由とは?　全11話からなる戦慄の連作小説。

ISBN 978-4-391-16251-6　定価1,485円(本体1,350円+税10%)

謎が解けると怖い遊園地の話(仮)

99秒の戦慄【闇】体験

2024年ドラマ化『どうか私より不幸でいて下さい』著者　著　さいマサ

修学旅行で遊園地にやってきた、ある中学校の生徒たち。
なぜかどのアトラクションも様子がおかしいことに気づき始める。
それもそのはず。そこは一度入ったら戻れないという噂がある、
いわくつきの遊園地だった。各話わずか3Pの
「超」短編小説が、全38話収録。最凶ホラーストーリー集。

2025年
1月下旬
発売予定

ISBN 978-4-391-16381-0　予価1,485円(本体1,350円+税10%)

怖い噂のあるお店

この本を読んでのご意見、
ご感想、ファンレターをお待ちしております

〒104-8357
東京都中央区京橋3-5-7
（株）主婦と生活社 新事業開発編集部
「八月美咲先生」係

装画 ちょむ
挿絵 utu
装丁 川谷康久
本文デザイン 川谷デザイン
DTP 天龍社
編集協力 小林宏匡（エブリスタ）
編集 澤村尚生

著者 八月美咲
編集人 栃丸秀俊
発行人 倉次辰男
発行所 株式会社主婦と生活社
〒104-8357
東京都中央区京橋3-5-7
TEL 03-5579-9611（編集部）
TEL 03-3563-5121（販売部）
TEL 03-3563-5125（生産部）
https://www.shufu.co.jp/
製版所 株式会社公栄社
印刷所 大日本印刷株式会社
製本所 株式会社若林製本工場

ISBN978-4-391-16305-6

［著者略歴］

八月美咲（やづき・みさき）

2017年より小説投稿サイト「エブリスタ」にて恋愛・純愛小説の執筆を中心に活動を行う。2019年に同サイトに投稿した『私の夫は冷凍庫に眠っている』が、2021年に実写ドラマ化され、大きな話題を集める。女性のためのエンターテインメント作品のほか、BL作品にも力を入れて、作品を発表している。
X @MY19710802

［制作協力］

エブリスタ

国内最大級の小説投稿サイト。小説を書きたい人と読みたい人が出会うプラットフォームとして、これまでに約200万点の作品を配信する。大手出版社との協業による文芸賞の開催など、ジャンルを問わず多くの新人作家の発掘・プロデュースを行っている。
https://estar.jp/

※この作品は、フィクションであり、
実際の人物、団体、法律、事件などとは一切関係ありません。